JN068143

メディアワークス文庫

MAMA
完全版

紅玉いづき

目　次

MAMA　5

幕間　黒い蝶々の姫君　198

AND　227

M
A
M
A

――いいかい？

神殿の奥に迷い込むことがあればね。
両の耳を、しっかり塞いでおかねばならないよ。
もしも、もしもね、声が聞こえても。
耳を持たないふりをして、じっと黙ってやりすごすんだ。

もしも声に応えてしまったら。
もしも耳があると知られてしまったら。

〈ガーダルシアの人喰《ひとく》い〉に、きっと食べられてしまうんだからね。

子供達の声が、神殿の高い天井と真白い柱に反響している。

「おい、来たぞ！」

「落ちこぼれが来たぞー！」

水飲み場にたむろしていた少年達が言葉を投げかける先には、ひとりの少女が立っていた。ひどく癖のある茶色い巻き毛に、瞳は開いたばかりのラヴェンダーの色。けれどそこにいっぱいの涙をためて、唇を噛《か》みしめて立ち尽くしていた。

「おーい、トト！」

ひとりの少年がにやにや笑って問いかける。

「今日の試験は何点だった⁉」

「ユアン、そんな可哀想《かわいそう》なこと聞くなよ！」

隣に立った別の少年が、ちょっと怒ったように言ってから、ぷっと小さく吹き出した。

そうして親指とひとさし指で丸をつくり、

「零点に決まってるだろ！」

そう言って、少年達は声を揃《そろ》えて笑った。

無邪気で残酷な笑い声は、神殿の高い天井に反響する。

「違うわ!!」

笑われていた少女が、悲鳴のように甲高い声を上げた。

「違うわ違うわ違うわ！　零点なんかじゃないもの！」

噛みつくように吠《ほ》えるけれど、少年達の輪に一歩も歩み寄ることは出来ない。

少年達はにやにやと、こらえきれない笑いを浮かべて、「へぇ？」とこれ見よがしに声を上げる。

「それじゃあ十点？　二十点？　俺は今日も、満点だったぜ！」

少年達の言葉に、少女は顔を真っ赤にして、はじけるように背を向けて走り出した。

茶色の巻き毛が首元でひとかたまりとなって揺れる。

どこまでも追ってくる笑い声から逃げるように、神殿の廊下を小さな靴でひた走る、少女の身体《からだ》は小さく、視界もまた狭い。曲がり角にさしかかった時、ちょうど現れた影に正面からぶつかった。

「きゃ！」

小さく声を上げ、尻餅をつく。

「なんですか、トト！　はしたない!!」

ぶつかったのは、長いローブを身に纏《まと》った老婆だった。

「レ、レマ先生……」

「神殿の廊下は走る場所ではないと、普段からあれほど言っているでしょう！」

金切り声にも似たヒステリックな叱咤《しった》に、少女は子鼠《ねずみ》のように肩をすくめて俯《うつむ》いた。

「ご、ごめんなさい……」

蚊の鳴くような声でそう言うが、老婆はなおも眉をつり上げる。

「ただでさえ貴方《あなた》は魔術の成績が悪いのよ。こうして師の言葉さえ聞けないと言うのなら、いつかはサルバドールを破門されてしまいますよ！」

「ごめんなさい、ごめんなさいレマ先生……」

持っていた本をきつく抱いて、少女が何度もそう言うと、老婆は気が済んだのか、フン、とひとつ息をついて、神殿の廊下を曲がっていった。

残された少女は小さく俯いて、神殿の廊下の端をとぼとぼと歩いていく。


海沿いの王国、ガーダルシア。

大陸の端に位置する王国で、大国とまではいかないが、港に集う船舶による貿易、そして由緒ある王家に支えられた豊かな国だった。

国の中心部には大きな城が建てられ、寄りそうように真白い石の神殿が造られている。貿易で栄えたこの国であったが、王家を守る力は財力と武力だけではなかった。その国力の中枢を担っているのは、むしろ「魔力」と呼ばれる異質な力だった。

王宮の傍ら、白亜の神殿に棲《す》まうのは、「サルバドール」の名を持つ人々。

それは古くから国と王家を守るために魔術の研究を至上の命とする、一塊の魔術師集団だった。

トトと呼ばれた少女は、正しくはその名をサルバドール・トトといった。家名の記述において確かな定まりのないこの国で、けれどその名を告げれば誰もが出自を知ることが出来る。

トトは加えて、その血において「生粋の」サルバドールだった。トトの父も母も、絶大とまではいわないが確かな魔力を持った魔術師であり、本筋の血は薄くなったとしても、サルバドール家直系の末端に位置する家柄だった。

サルバドール家と一口に言っても、その結束は血で結ばれたものではない。彼らはその身に宿す魔力の血脈、そして体系化された魔術の知識の共有から成る一団である。サルバドール家には毎年魔力を認められた子供が特別な教育を受けるために預けられ、それぞれがサルバドールの名を冠する。そんな中、生え抜きのサルバドールであるはずのトトはけれど、生まれつき魔術の才に恵まれなかった。

皆無とは言わないまでも、もとより潜在的な魔力が低く、その上それを使いこなすセンスも持たなかったのは、単純に、彼女の不運というよりない。

魔術師を養成する神殿の学舎で、「サルバドールの落ちこぼれ」と言えばそれはそれ、間違いなく成績最下位のトトを指す言葉だった。

トトとて、勉強が嫌いだったわけではない。幼い頃からひときわ本は好きだったし、その読書好きは神殿の書庫に通い詰めるほどだった。しかし、生来の才能のなさは、容易に知識でおぎなえるものではなく、その日もトトはため息をつきながら、神殿の長い廊下をとぼとぼと歩いていた。

半開きになったひとつの扉の前を通り過ぎようとしたところで、話し声が聞こえてトトは足を止めた。

「――先生、どう思われます？　トトのこと」

自分の名前だ。トトはつま先から太ももまで、凍り付いたように動きを止めた。身を縮めて、盗み聞きをしようとしたわけではないけれど、自然、その小さな耳を澄ませる形となった。

「そうだねぇ。トトはねぇ……このまま学舎につとめても、宮廷の魔術師どころか、一介の魔術師にもなれそうもないね」

ほんの少し声をひそめて、諦めと、哀れみをもって語られる自分の噂《うわさ》。

怒られることにもいつまでも慣れないトトだけれど、その言葉は鈍器のように後頭部を殴り、冬の木枯らしよりも冷たく喉の奥を冷やした。

追い打ちをかけるように、半ば笑うような声。

「いっそサルバドールから養子に出して、市井で育てたほうがいいんじゃないかい？本人のためにもね。第一ああいう子がいたら、傷がつくだろう？　――この、サルバドールという名に」

（キズがつく）

トトはその言葉に、きゅっと唇を噛みしめた。こらえようとしても、涙が落ちそうになる。

駄目だ、駄目だ。

声を上げたら駄目だ。

（トトは、落ちこぼれ。それは、ほんとうのこと）

今、声を上げたら、見つかってしまう。そしたらきっと、サルバドールから追い出されてしまう。

自分がどこへ行こうとしていたのかも忘れて、トトはきびすを返し、走り出していた。ぽっかりと胸には穴があいたようで。どこまで走っても、何もない暗闇に落とされてしまったようで。ただ、ただ苦しかった。


トトの住まう家は神殿のすぐ傍《そば》にあった。

「……おかあさん、おとうさんは？」

その夜トトは編み物をする生母の傍に寄っていって、おずおずと声をかけた。

母であるアリは手元から目を離さずに、「まだ宮殿にいらっしゃるわ」と答えた。

「お客様がいらしているから、お話をしているのね。遠路はるばる、東の島国からいらした方なんですって」

トトの父親は宮廷魔術師として、公務の一端も担っている。支える母も、社交の場に出ていくことが多かった。

「ね、ね、おかあさん」

ぐるぐると母親の周りを回りながら、トトが言う。

「なあに？」

問い返されて、躊躇《ためら》いがちに、そっと呟《つぶや》く。

「トト……トトは、魔術、出来なくてもいい、かな……」

ここにいてもいいかな。

おかあさんの子供でもいいのかな。

たとえばそんな風に尋ねていたら、また答えは違っていたかもしれない。けれどアリは娘の言葉に、編み物の手を止めて顔をあげて言うのだ。

「なにを言ってるの？」

ほんの少し、怒ったような声で。きりりと強められた眉で。

「そんなことを言って。魔術のお勉強をさぼっては駄目よ。あなたは誉れ高きサルバドールの家に生まれたんだから」

祖先と血に恥じぬ、立派な魔術師に。

それは何度も言われていた言葉だった。今更と言えば、あまりに今更なその小言は、いつもなら落ち込むことはあっても、反発することなんてなかったのに。

その夜は、ふつりとトトの中でなにかが切れた。

「おかあさんの、ばか!!」

一声そう叫び。近くにあった毛糸の玉を投げつける。

部屋には、暖炉の薪が燃える音だけがしていた。

「おかあさんなんてだいきらい!!」

そう言い捨てて、部屋を飛び出す。後ろからアリがトトの名を呼ぶ声が聞こえたが、トトは泣きながら、真夜中の神殿へ向けて夜道を走り抜けていった。

だいきらいと言った、自分の言葉が何度も心の中に響いている。

サルバドールの落ちこぼれ。傷がつく。

なにもわからないトトだって、本当は知っている。

大嫌いなのは、母ではなく。「傷」で「恥ずかしい」自分自身にほかならないと。


がむしゃらに走って、走って、気がついたら神殿の書庫の前だった。

遠くでぱたぱたと大人の行き交う足音が聞こえる。探されているのかもしれない。見つけて欲しい。守って欲しい。けれど、トトは同時にひどく怯《おび》えていた。

たとえば、今捕まったら。

あなたはやっぱりいらない子だと、養子に出されてしまうのではないだろうか？

トトは学舎に別れがたい友達がいたわけではなかった。けれど、意地悪をしてくる男の子達も、「トトは私達がいないと駄目ね」とばかりに面倒を見てくれる女の子達も、離れてしまっていいのかと問われたら、それはいやだと思ってしまう。

落ちこぼれでも、サルバドールとして生まれたトトだった。ここよりほか、どこにも行きたくはなかった。どこに行けるとも思わなかった。

ためしにいくつか書庫の窓を引っ張ったら、ひとつ鍵の壊れた窓を見つけた。そこから忍び込んだのは、トトにとっては大冒険だった。神殿の書庫は、常であれば大人が一緒でないと入れてはもらえない。図書館とは全く違うのだ。

建物の内側でしゃがみ込むと、古い書物の、深い香りがした。その嗅ぎ慣れた香りに心が静まった。その一方で横たわる暗闇に呑み込まれてしまいそうだった。

遠くでトトを呼ぶ声が聞こえる。

トト。

トト。

その声から逃げるように、トトは書庫の奥へ奥へと進んでいく。

普段は立ち入ることの許されない、禁書の棚。そのまた奥に、鎖で繋《つな》がれた、ひとつの扉があった。

トトは息を呑んだ。

——それは、決して触れてはならない扉だった。

サルバドールの子供達には、口伝によって伝えられるひとつの伝説がある。

この神殿のどこかには、数百年前に封印された、強い強い魔物が眠っていて。

その魔物は、封印から解き放たれる日を、今か今かと待ちかまえているのだと。

もしかしたら、その場所がここなのではないかと、そんな思いがトトの脳裏をかすめた。おそるおそる鍵に触れると、鍵は窓のものと同様に激しく劣化して、腐食が進んでいた。扉に叩《たた》きつけてみると、あっけないほど簡単に壊れた。

どうしよう、とトトは思う。

どうしよう。


なんだか、扉の向こうから呼ばれているような、そんな気がした。


「トト、いるの!?」

突然書庫の入り口から声がした。びくりと肩を震わせる。

それは昼間、トトを「市井に出すべきだ」と言った、教師のうちのひとりだった。

(いやだ……!)

トトは思わず、目の前にあった扉を開き、その隙間に滑り込んだ。

重いはずの金属の扉はけれど、向こうの側から引かれるように、難なく開く。

扉の向こうにあったのは、うずまく闇だった。

（……！）

灯《あか》りはなく、窓もなく、月明かりも届かない。

上がどこか、下がどこかさえわからなくなる、そんな空間だった。

思わず恐怖に駆られて泣き叫びそうになるが、トトはぐっと声を殺した。

伝承には、続きがあった。

サルバドールが封じたという魔物、その魔物は、人喰いの魔物であるという。

人喰いの魔物は、かつて生まれてすぐに、ひとりの人間を喰った。

しかし餌食となった人間は魔除《まよ》けの耳飾りをつけていたために、魔物は人間の耳だけを喰うことが出来なかった。

人を喰らって人の姿を手に入れるはずだった魔物は、そこで不完全な身体を手に入れてしまったのだ。

それゆえに、封じられ、眠らされた。

——トトの頬を、窓もないのにゆらりと生暖かい風がなぜた。

だからね、とサルバドールの老婆はかつてトトに語ったのだ。

だから、もしも魔物に出会ったとしても。

声を上げてはならないよ。

もしも魔物が語りかけてきても。

決して応えては、ならないと。

(ナニ　もの　ダ)

それが声だと、わかった時にはトトは膝を折り、座り込んでいた。

確かに聞こえた。深く唸《うな》りを上げるような、遠吠えのような声だった。

トトの身体が恐怖に痙攣《けいれん》を起こす。奥歯が鳴り、脂汗が流れた。

(オマエ　ダレ)

問いかけは物理的な圧迫をもってトトへと襲いかかる。

(――――サルバドール)

その呼び名はまるで、呪詛《じゅそ》のよう。

トトは震えながら目をぎゅっと閉じて耳を塞いだ。すべてを見なかったことにしてしまえば、なかったことになるんじゃないかと願って。

声は、問うた。

(ミミ　アル　カ)

答えてはならない。決して応えてはならない。

魔物は耳を探している。その身体を完全なものにするために。そして自らを閉じこめたサルバドール達に、復讐《ふくしゅう》を果たすために。

(ミミアルカ　ミミ――)

何度もそう尋ねられる。姿は見えない。ただ声が、声が聞こえるだけ。トトは逃げることが出来なかった。誰かを呼ぶことも出来なかった。その場にしゃがみこんで、小さく震えることしか。

(ミミ　クレ)

耳を欲する魔物の声は嵐が連れてきた暴風のようだった。

けれどその時ふと、トトの耳を打つ、響きがあった。

(ママ……ドコ)

それは確かに魔物の声だった。それなのに、どこか違うトーンだった。

途方にくれたような、心細いような、助けを求めるような。

思わずトトは、顔を上げて聞いていた。

「ママを……探しているの……?」

無意識と言えるような呟きでしかなかった。けれど、その言葉は驚くほどに闇に響き。

しまったと、思った時にはもう全てが遅すぎた。

ざわりと、暗闇自体が意志を持って。

(ミ)

(ツ)

(ケ)

（タ）
次の瞬間両耳に触れてくる、「なにか」の存在に。

トトはひとつ、つんざくような悲鳴を上げた。

意識を手放すその瞬間、最後に闇にきらめいたのは。

水色の、綺麗《きれい》な光だった気がした。


世界の騒がしさが増したような気がして、トトはゆっくりと目を覚ました。

「トト……！　トト！」

トトの肩を揺り動かした手は確かに彼女の母のものだった。けれどいつもの朝の目覚めにしてはずいぶん違うとトトは感じた。

なにかが違う。

違うのはなんだろう。

「トト、大丈夫？　おかあさんがわかる？」

ざぁざぁと、母であるアリの声に雑音が混じっていた。まるで舞い上がる砂ぼこりの中で話しているような。

そもそも自分はどこに寝かされているのだろうか。慣れない寝具の感触にトトは戸惑った。

絞るように声を出してみる。

「……おかあ、さん……？」

「ああ、トト、よかった……！」

その声に、アリが感極まった様子でトトを胸に抱いた。隣には父親もいて、安堵《あんど》のようなため息をついている。

（うるさい）

母親の腕の中で、トトは思う。こんなにも優しく抱かれているのに、一番に湧いた思いはそれだった。拒絶ではない。ただ。

（なんだろう、世界が、うるさい）

いろいろな、音が。声が聞こえる。耳元で一斉に喋《しゃべ》られているような、そんな感触。砂嵐か、波音にも似ていた。それらの雑音が言葉であることはわかるけれど、混じりあいすぎた異国の言葉は、もはや意味を追うことは出来ない。

抱きしめられている感触もまた、おかしかった。頭を抱かれているのに、なにか、「あるべきものがない」ような——。

「トトの目は、覚めたかね」

部屋の入り口から、そんな声がかかった。

「尊師様……！」

慌ててアリがトトを腕から離し、姿勢をただした。

歩み寄ってきたのは、ひとりの老人だった。数人の魔術師を従えるその姿を、トトもまた祭りの席などで遠くから見たことがあった。しかしあくまで遠目で、だ。長い髭《ひげ》を持ち、くぼんだ灰色の目をしていた。

彼は王国ガーダルシアの魔術師集団、〈サルバドール一族〉を統べる、現在の長たる人間だった。

「尊師さま……？」

「気分はどうだ、トト」

低く嗄《か》れた、静かな声で尊師はそう言った。

トトが助けを求めるようにアリを見上げると、アリは小さな声で「きちんとお答えなさい」と言った。

その声が囁《ささや》きであったにもかかわらず、トトにはまるで耳元で叫ばれているかのように頭に響いた。

「だ、だいじょうぶ、……です」

視界がぐらぐらと揺れたけれど、ほかに言うことが出来ず、顔をしかめながらそう呟く。

「どこも、異変はないか」

びりびりと膜を震わす声。風の音にも似た様々な囁き。

耐えきれずに耳を塞ごうとして、頭の両側に手のひらを持っていき、そこではじめてトトは気がついた。

「！」

のっぺりとした、その感触。

あるはずのものが、「ない」。

「トトよ……」

尊師が呟き、トトの父母もまた、その顔を沈痛に曇らす。

「尊師さま」

トトはぼんやりとした口調で、そっと言った。

「トトの耳は、食べられてしまったの？」

沈黙ののち、尊師は静かに、うなずいた。

（ああ）

ああそうか、とトトは思う。ショックもあった。けれど、別に構わないと思った。構わなかったわけではないけれど、なんだかとても当然の帰結のような気がした。夢ではなかったのだ、みんな。

あの夜のことが、夢でなかったのなら。

食べられてしまったのだ。自分の耳は。

だって、それはそうだろう。だって、トトは、「応えて」しまったのだから。あの魔物に。でも。

「導師さま、耳が食べられてしまったのに、トトはとても声が聞こえます。これって、なぜ？」

耳を食べられたら、何も聞こえなくなるのが道理ではないかとトトは思った。けれどどうやら耳の穴は残っているようだし、そこから入り込む音の、声の量は以前の比ではなかった。

トトが言うと、導師は皺《しわ》にまみれた渋面で一度うなずき、

「ああ……やはり、そうか。アベルダインの魔力が残っているのだろう。もしくは、本当にあれと『繋がって』しまったのか——」

「あべるだいん？」

聞いたことのない名だ。だけれどその名は胸をつく響きだった。理由はわからないけれど、その名を思うと指先まで甘く痺《しび》れが走る。

「尊師さま、トトは、大丈夫なんですの……⁉」

隣で、不安げにアリが声を上げた。尊師は周囲に控えた魔術師にひとつ合図を送る。

「――封じの布を、ここへ」

すると傍に控えた魔術師は、うやうやしく一枚の布を差し出した。

赤い色をしたその布を、尊師はトトの耳を覆うようにかぶせて、顎の辺りで一度結んだ。

「あ……」

絶え間なく続いていたトトの騒音が収まり、かつてのいつものような、一応の静寂が訪れる。

そうして尊師はトトに、断罪のように荘厳な言葉を投げた。

「いいか、トト。おぬしは封印の間に踏み込み、ガーダルシアの人喰いの魔物に、耳を喰われたのだ。それにより、おぬしの耳には魔力が宿った」

トトに聞かせるだけではない、周囲に宣言をするような、重い言葉だった。

「おぬしは、人喰いの魔物と通じたのだ」

ああ、とアリがひとつ、声を上げた。

絶望と恐怖、諦観と悔悟。それらの混ざった一声だった。

そうしてしきりに尊師へ頭を下げるので、「ごめんなさい」とトトも告げた。なにを謝っているのかは、トトにはわからなかった。封じられたあの場所に、立ち入ってしまったことだろうか。それとも、魔物の声に応えてしまったこと？

「いや」

尊師は静かに首を振る。

「この子ばかりに非はあるまい。封印が弱まっていることに気づかなかった我々にも責はある。あれを封じてもはや数百年。大事になる前に、再び強固な封印を施せたこと、幸運と思おう。……アベルダインの封印は成ったのだな？」

最後の言葉は、近くの魔術師に投げられた。

「は……。元の封印にあわせて、魔具も全て新調いたしました」

「真名は、有効であったか」

「……今のところは」

低く返される答えに、尊師は静かにうなずく。

「よし。それではそのまま監視を続けよ。目を離すでないぞ。あれが新しき真名でも手に入れ、再び外界へ出てくるようなことでもあれば、大変なことになろう」

「御意」

そうして尊師はトトに向き直った。

「身体を休めよ。……現状が落ち着き次第、おぬしの処分を決める」

老いた魔術師の眼光は厳しく、トトの瞳を射貫《いぬ》いた。

それからのち、別れの挨拶はなかった。伝えるべきことを全て伝えたとばかりに、トトのいる部屋を出ていってしまう。

尊師の背中に向かっていつまでも頭を垂れる両親に、

「……しょぶん、て、なあに？」

ぽつりとトトは尋ねた。

母親は悲しげに娘の顔を見るだけだ。

父親がしゃがみ込み、トトと目をあわせ、そして言う。

「いいかい、トト。……お前は、人喰いの魔物とえにしを持ってしまった。ここにいれば、また引かれあい悪いことが起こるかもしれないんだよ」

ひとくい。えにし。しょぶん。

難しい言葉だ。とても難しい意味だ。けれどトトにはその意図がわかった。

なにを言っているのかはわからない。けれど両親がなにを、言いたいのかはわかる。

それはつまり。

それはつまり。

……ああ。「そういう」こと、か。

トトはくしゃりと顔を歪《ゆが》ませ、声を上げることはせず涙を落とした。

父親はそんな娘を両腕の中に抱きしめるが、もはやトトは、すがりつこうとは思わなかった。

封じ込めた耳の空洞から。

別れの足音がそっと、聞こえてくるような気がした。

トトが運び込まれたのは王宮の客間だった。しばらくの間、彼女はそこで暮らすことを命じられた。

神殿への立ち入りは禁じられ、魔術の授業に出ることも止められた。豪奢《ごうしゃ》な部屋での、行き届いた暮らし。毎日のように父親か母親が訪ねてきたが、トトはそんな両親を固く無視していた。

拒絶の理由は自分でもわからない。

けれど、もうすぐ本当の別れが訪れるのなら——もう、言葉を交わすこともしたくはなかった。

トトがその部屋に運び込まれて数日後のことだ。その日部屋に現れた父親は、背後に見慣れない服装の客人を連れてきていた。

黒い目に黒い髪をした、異国の風貌を色濃く滲《にじ》ませる男性は、トトに手を振り、

「ハジメ、マシテ」

不自由そうな片言で、そう言った。

「この人はね、トト。遠い島国からいらしたんだ。貿易船に乗ってきたのだが、魔術にも興味を持っていてね。……とても、面白い話をたくさん聞ける」

父親は、トトが塞ぎ込んでいるのを心配して、異国の旅人を引きあわせるために連れてきたのだった。

トトの父は片言の異国語で、異国の男にトトの話をしているようだ。

男の口から流れる言葉は不思議な呪文のようで、じっとトトはその様子を眺め、ありもしない耳をそばだてた。

やがて男はトトに向き直り、

「ハジメ、マシテ」

とやはり、つたない言葉で喋る。

トトはそんな姿を見つめて沈黙していたが、やがてそっと、震える口を開いた。

『……はじめまして。わたしは、サルバドール・トトです』

その口から流れ出た言葉に、異国の旅人と、それからトトの父親もぎょっとしたように目を剝《む》いた。

「トト、お前、その言葉を、どうして……⁉」

　父親がそう詰め寄るのも無理はなかった。トトが語り出したのは確かに、旅人の国の言葉だったのだ。

　どうしてと聞かれても、トトにもわからない。ただ、二人の会話を聞いているうち、なにか霧が晴れるように、その言葉が「わかった」のだ。

『お嬢さんは、私の国の言葉の勉強を？』

　異人は、トトの父を振り返りそう尋ねた。しかし、父親はとっさに言葉が出ず、首を横に振るのみだ。

『はじめて聞いた言葉よ。でも、なんだかわかるの』

　トトが代わりにそうこたえた。幼い声はそのままに、けれど、彼《か》の国の言葉で。旅人はトトに向き直り、優しく微笑《ほほえ》む。

『聡明《そうめい》なお嬢さん。貴方はまるで、砂の耳をお持ちのようだ』

『砂の耳？』

『我が国では、貴方のような能力をそう呼んでいるのです。まるで、砂が水を吸うように、どんな言語も理解してしまう。特別な耳だ』

「トト……彼は、なんと言っているんだ」

　会話を聞き取りきれない父親が、トトに聞く。

「トトの耳が、特別なんだって言ってるわ」

その答えに、トトの父はなんとも言えない顔をした。旅人に向けて端的に、トトのことを任せると告げ、部屋を出て行く。

『……貴方のお父様は、どうなされたのですか？』

その背を見送り、旅人がトトに聞いた。

トトは俯きながら、そっと、『トトが悪い子だからいけないの』と答えた。

『ふむ』

彼はそうして、トトの隣に腰をかけた。優しく微笑みかける笑みはそのままに。

『私でよければ、話を聞かせて欲しい』

トトは一度ゆっくりうなずいて、それからひとつひとつ、順を追って話しはじめた。

トトの言葉はひとつの物語を語るにはまだつたなく、扱いはじめたばかりの東国の言葉はところどころ詰まったが、彼はとても根気よく聞いてくれた。

人喰いの魔物の伝承を語り終えると、『そのような話を、私は旅の途中で聞いたことがある』と旅人は言った。

『本当？』

トトが顔を上げて尋ねる。

『ええ。遠い東の国です。その国では、〝耳なし芳一〟という物語が語り継がれていました』

『ホーイチ？』

『ええ、ホーイチ。名前ですよ』

旅の商人はまるで吟遊詩人のように、耳なし芳一の物語をトトに話して聞かせる。耳への方術を忘れたがために、魔物に耳を喰われてしまった哀れな僧侶の話。それは今のトトの状況にそっくり反対のような、今までの人喰いの魔物そのままのような、不思議な物語だった。

『すごい。海の向こうの遠い国に、こんなお話があるなんて！』

トトは感激してそう言う。その表情に旅人は安心したように微笑み、それからたくさんの、異国の伝承を教えてくれた。

それはトトがはじめて知る物語だった。貿易国であるガーダルシアには、異国の品物が集まりやすいが、それでも遠くに暮らす人々の暮らしが、こんなに心惹《ひ》かれるものだとは思わなかった。

楽しい時間はあっという間に過ぎ去り、やがて彼は懐中時計を見て立ち上がった。

『ずいぶん長居をしてしまった。トト嬢、今日は久しぶりに母国の言葉で思う存分話せて、嬉《うれ》しかったですよ』

『トトも、すごく楽しかった！』

晴れやかな表情でトトが言うと、旅人は微笑む。

『滞在期間はまだしばらくあります。機会があれば、また』

その言葉に『きっとよ』と答えようとして、トトは気づいた。

その約束が、なんの意味も成さないということに。

『……きっともう、会えないわ』

視線を落とし、そう言うトトの顔はひどく大人びていて、旅人が驚くほどだった。

『……砂の耳を持つ聡明なお嬢さん。貴方のような未来ある子供が、そのように行く先を悲観するなんて』

もともとトトの父親から、そしてトトの口から全てを聞かされていた彼は、悲しそうな顔でそう言った。

トトは首を振る。

『わたしはサルバドールを追い出されるのよ。もういい。それはわかってる』

諦めきった表情で、トトはそう言った。複雑な顔をする旅人に、トトはけれどゆっくりと顔を上げた。

そうして呟く。今度は異国の言葉ではなく、トトが生まれた時から知っている、ガーダルシアの言葉で。ほんの小さく微笑んで。

「……でもね、まだ、行かなきゃいけないところがあるの」

サルバドールの名を持つ間に。

トトにはまだ、やり残したことがあった。


夜になったら部屋を抜けよう。闇に紛れて、抜け穴をくぐり神殿に入ろう。

トトは落ちこぼれだったけれど、サルバドールに生まれサルバドールに育った。小さな子供達はみんな知っている。この古い古い神殿の、隅から隅まで。

重たい色のコートを羽織って、駆け出して。

目的はたった、ひとつだった。

静寂の住まう神殿の書庫。

壊れていた窓はそのままだった。そのことに安堵して忍び込んだ。

トトはそうして、またあの扉の前に立った。

頭に結んだ、封じの布を静かに下ろす。静寂の中に確かなざわめきが、ひどくはっきりと聞こえた。

そうして。トトを呼ぶ声もまた。

「ねぇ……！　トトを呼んでいたでしょう……！」

トトは声を張り上げる。

扉の向こうに、聞こえるように。

「会いに、来たよ。最後に来たよ、魔物さん、人喰いの魔物さん!!」

突然目の前で火花が散った。

扉の結界が、内部からはじかれ、錠が割れた。

辺りの精霊が悲鳴を上げたのが、トトの耳には届いた。けれどその声もまたなにか強烈な圧迫感によってかき消される。

トトは頭に布を戻す。あまりにうるさくて仕方がないから。そうして、震える手で真新しい扉をキィと押した。

またも広がる限りない闇の空間。けれどトトには、確かな息遣いが聞こえていた。

持ってきたランプに火をいれる。幼子の震えのような灯火はどういうわけか、もとよりある火力以上に、豪奢なシャンデリアのようにその空間を照らした。

照らされたのは、強固な檻《おり》だった。硝子《ガラス》のような透明なきらめきの、莫大《ばくだい》な魔力でもって築き上げられた封印。

そしてその向こうに。

ぼんやりと浮かび上がる、影は。

(男の、子……?)

トトと同じくらいか、それより少し大きいほどの。

浅黒い肌。

ガラス玉のような、水色の瞳。片方の瞳のすぐ下には三連のほくろがあった。

そして、その耳だけは、見覚えのあるやわらかな、白。

少年の姿をした、「ガーダルシアの人喰い」は、唇を歪めてにやりと笑った。

「さぁ……お前の二つ名を聞こう」

——ここは王国ガーダルシア。

数百年の伝統を誇るサルバドールの魔術史に残る、未曾有の契約が、はじまろうとしていた。

名前を問われたのだと思った。

「あた、し、は。サルバドール・トト……」

掠《かす》れる声で、トトはそう答えた。ただ、心臓が早鐘を打っていた。恐怖なのかもしれなかった。強すぎるそれは、興奮にも似ていた。伝説の魔物。人喰い。

しかしトトの答えに、魔物は不快げに眉を寄せただけだった。

整ったというよりも生意気さが色濃く出ている水色の瞳が、トトを睨《にら》みつける。

「アンタは馬鹿かい？」

ボーイソプラノがトトを糾弾する。

「名を問われて真名を答える奴があるか。ここでアンタの名を呼べば、その魂はボクに属することになるぞ。ボクはそれでも構わないけれど……捕らえられたこの状態で、アンタの貧相な魂ひとつもらい受けたところで、嬉しくもなんともないね」

そこで魔物は目を眇《すが》めて、トトを見抜くような仕草のあとに「ほんと、たいしたきらめきもない」とひとりごちた。

その言いように、トトは戸惑った。それならばなにを、答えればいいのかわからなかった。

その愚鈍さに軽蔑を滲ませながら、魔物は再度言った。

「二つ名を答えろ」

二つ名。

そうだ、最近授業で習ったばかりじゃないか。精霊術や魔物を使役する際、自分の「本当の名前」ではなく、「自分を示す名前」を名乗れと。

名は鎖であり、魂の記号である。魔術に限らず、おいそれと明かしていいものではない。

トトの二つ名。彼女の渾名《あだな》。

そんなものは、ひとつしかない。

トトは喉を鳴らして息を呑み込み、そうして言った。

「——……サルバドールの落ちこぼれ」

噛みしめるようにそう告げると、魔物はにやりと、笑みを深めた。

「それはそれは。傑作だな！　サルバドールの落ちこぼれよ！」

呵々《かか》大笑するようにそう呼びかけて。

彼は鋭い視線でトトを睨んだ。

「ここへ一体なにをしに来た」

痛みさえ感じそうなほどの眼光におびえ、トトが数歩後ろに下がった。

ここへ、なにを。どうして。

だって、ずっと、呼ばれていると……。

「まず言っておく。勘違いはするな。ボクはアンタを呼んではいない」

はっきりと、魔物はそう言った。トトの心を読んだかのように。

「アンタを呼んではいない。ただ、同じ身体を分けあったものとして、共鳴を起こしただけだ。おかしな期待を抱いてやって来たのなら即刻立ち去れ。――それともなんだ？サルバドールの落ちこぼれは、この耳を取り返しに来たのか」

言われてトトは、魔物の耳を見た。やわらかく白いその耳は、魔物の浅黒い肌には全く馴染《なじ》んでおらず、浮いて見えた。

あれは、トトの耳だ。

でも、返して欲しいのかと問われれば、それは違うような気がした。

耳なんて、どうでもよかった。今更耳が返って来たところで、トトが落ちこぼれという事実は変えようがなく。

――サルバドールの追放も、免れないだろう。

ならばなにを、したかったのかと言えば。

トトはただ、会いたかったのだ。

まだ、トトが、この場所に来られるうちに。サルバドールであるうちに。

会いたかったのだ。

それだけだった。

「人喰いの魔物さん」

震える声を張り上げ、トトは言う。

「貴方は、どうするの？」

「どう――……?」

片眉をピンと跳ね上げ、魔物は聞き返す。

「このまま、こんなところにいるの⁉」

重ねて尋ねるその言葉に、ふっと魔物の視線が冷えた。

瞳が炎のようにゆらめいている。

「……それを、ボクに聞くのか。……アンタが。サルバドールの人間がッ‼」

憎しみのこもったその言葉を跳ね返すように、トトが甲高い声を上げる。

「トトはもうすぐ、サルバドールから捨てられるわ！　サルバドールじゃなくなるんだもの‼　ねぇ、魔物さん、魔物さんは、こんなにもさびしい場所で、ひとりきりでいるの⁉」

昨日も今日も明日も明後日《あさって》も。

こんなにも暗くて冷たい、孤独の檻に。

一介の魔術師でさえない、サルバドールの落ちこぼれであるところのトトが、伝説の人喰いに対して恐怖を覚えなかったかと言われれば、それは嘘《うそ》になる。

もっともっと幼い頃から言い含められてきた、人喰いの魔物への恐怖は、強く強く染みついた、一族の記憶だ。

けれどトトはこの魔物と再会を願った。望んでしまった。再び、会いたいと。

その衝動は共鳴でしかないと魔物は言った。そうなのかもしれない。けれど、トトは心を鳴らしてしまった。同調をしてしまったのかもしれない。

強大な魔物。その、深く哀《かな》しい孤独に。

それは哀れみに過ぎないのかもしれないし、ただの同情に過ぎなかったのかもしれない。

それでも会わずには、いられなかった。

人喰いの魔物はトトの耳を喰っただろう。そしてその時に、トトの魂のひとかけらもまた、喰ってしまったのかもしれないとトトは思う。

魔物はトトの言葉に、疲れたようなため息をひとつついた。

「……そこに刻まれている文字を見てみろ。サルバドールの落ちこぼれ」

そうして細い指で指されたのは檻の正面。近寄るトトがのぞき込めば、そこには複雑な魔法文字があり、トトに解読することは出来なかった。

「……?」

首を傾《かし》げると魔物は言った。

「アベルダイン。この身体の真名だ」

「アベル……ダイン」

その名前には聞き覚えがあった。尊師さまが言っていたと、トトは覚えていた。

魔物はうなずく。

「ボクにはかつて真名がなかった。名を持つ前に、封じられた。アベルダインの名前は、この身体の持ち主だった人間の名だ」

名は鎖であり記号であるが、名さえも持たぬということは、その存在の希薄さをあらわしている。世界への干渉のために、存在には名が必要なのだ。

かつて魔物はひとりの少年を喰い。

その身体を手に入れた。

「ボクはアベルダイン『ではない』が、アベルダイン『以外ではない』」

空中に浮かびながら気だるげな頬杖《ほおづえ》をついて、囚《とら》われの魔物は言う。

「この檻から抜け出せない理由は、それだ」

人よりも純粋な魔力で構成され、ゆえに名に縛られる魔物にとって、真名の力はそれほどまでに、絶大だった。

「でも――……」

「なんだい。サルバドールの落ちこぼれよ」

問い返され、躊躇いがちにトトは言う。

「でも、貴方は。トトの耳を、手に入れたのでしょう？　だとしたら、もう、『アベルダイン』ではないんじゃ、ないのかしら……？」

その言葉に、唇を曲げて魔物は笑った。嘲笑に近い笑みだった。

「面白いことを言うね、サルバドールの落ちこぼれのくせに」

決して本気とはとれないその賛辞に、トトは一歩歩み寄った。

「ねぇ。なにか、どうにかしたら、この檻から出られるんじゃない？」

目を輝かせてトトが言うと、魔物は警戒するように眼光を鋭くし、トトを見下ろした。

「……なにが望みだ」

サルバドールの一族にとって、伝説の人喰いは仇敵《きゅうてき》のはずである。少なくとも、魔物にとっては復讐の対象だ。その人間が、今更なにを言うのかと魔物は問うた。

拘束を解くというのならば、この人喰いに、なにを望むのかと。

トトは言った。

「一緒に行こうよ」

硝子の檻にすがって、闇に浮かぶ小さな、けれど強大な魔物に。

「ひとりはいやだよ。さびしいよ。一緒に来てよ、ひとりぼっちの、魔物さん」

それがどれほど大それた望みであるのか。トトにはわかっていなかった。どれほどのものに、自分は願いを伝えているのか。

ただ、自分がさびしかったから。さびしがりやの少女は、闇の中でひとりぼっちで封じられた魔物に——己の姿を重ねて、救いを乞うた。

その愚かな行為に。

「……面白い」

どこか剣呑《けんのん》な笑みを、魔物は浮かべた。

「…………いいだろう」

それは、ほんの気まぐれでしかなかった。

一瞬の、刹那の。

決して未来に繋がることのない、戯言《たわごと》でしかなかったはずだった。

「一度だけチャンスをやろう。サルバドールの落ちこぼれよ」

魔物がその二つ名でトトを呼び。

そうして告げた。

「ボクに名前をつけてみろ」

トトを見下ろし、暗く笑いながら。

その言葉に、トトはラヴェンダーの瞳を大きく開いた。

それが――「名取り」よりも高位の儀式、「名付け」の儀であるなど、思いもよらず。

ただ、小さな少女は闇の中、にっこりと笑って。

言った。

「じゃあ、ホーイチがいいわ」

鈴の鳴るような高らかな声で。

彼女は宣誓をした。

「貴方の名前、ホーイチがいいわ。ぴったりよ。遠くのお国の、おとぎ話に出てくるの」

それこそ、戯言のようだった。戯れのような言葉だった。

「ホーイチ……？」

聞き慣れない響きに、魔物はいぶかしげに眉をひそめて。

「なんだ、そのおかしな名前は……」

一蹴しようとした、その時だった。

きらきらと突然、美しい音が鳴った。

「……なっ……!!」

魔物が息を呑む。

大きく見開かれたその、水色の瞳の前で。

崩壊がはじまっていた。アベルダインの名を刻んだ檻が、硝子細工のように、砂糖菓子のように崩れていく。

不可視の鎖は闇に溶け。

実に数百年ぶりのその身の自由に、魔物は呆然《ぼうぜん》と宙に浮かんでいた。

「まさ、か……」

壊れた人形のように、不自由な動作で、人喰いの魔物はトトを見下ろす。

トトもまた、まぬけな顔でぽかんと口を開けたまま、魔物を見上げていた。

まだ、魔術で編んだ檻の欠片《かけら》が中空を舞っている。

ガーダルシアがもしも雪の降る土地であったならば、雪のようだとトトは思ったことだろう。けれどガーダルシアは雪のない土地であったから、トトはその光景を、美しい雨だと心に刻んだ。一方で、その美しい崩壊がなにを意味しているのか、小さな彼女にはわからなかった。

「名付け」が完了したのだと――それをトトでなく魔物自身が自覚するまで、数秒の時間がかかった。

かつて、生まれたばかりの人喰いの魔物は、ひとりの少年を喰らった。魔除けの耳飾りをつけた耳だけを残し、少年はその身と魂を魔物に捧《ささ》げた。そうして魔物は、耳以外の身体とともに、「アベルダイン」の名を受け継いだのだ。

そうして今、ひとりの少女の、小さな耳を喰らい。

その耳を分け与えた少女から。

「……ホーイチ……?」

「真名」を、与えられたのだ。新しき、真名を。

それは、奇跡としか言いようのない現象だった。成るはずのない、夢のような話だった。

本来、名付けとはより強い魔力を持ったものが、自らの使役する存在へと行うものだ。伝説の魔物である彼の魔力は、サルバドールの落ちこぼれであるトトの比ではない。成らないはずだったのだ。こんな、簡易的な方法で。

よほど、その魂に合致した名前でなければ。

奇跡というものがもしもあるのならば、その夜のことは、奇跡と呼んでもなんら遜色がなかっただろう。

ここで、人喰いの魔物は二者択一の選択を迫られることとなる。

ひとつは、このままトトに屈するということ。

名付けを行った魔術師に隷属し、使い魔となり、その魔力を主人に捧げる。

そしてもうひとつは——、この場で、名付けの少女を滅することだった。

喰らい尽くすのではなく、息の根を止める。

さすれば彼には、「本当の自由」が手に入るだろう。

檻から逃れた今、彼の真名を知るものはどこにもいないだろう。魔術師からつけられた真名は、その魔術師が発することにより、より強き力を発揮する。

彼の名を誰も知らない今が、またとない好機だった。憎きサルバドールの眷属《けんぞく》を滅し、その力を喰らえばよかった。

なにひとつ、契約は済んではいなかった。

今、彼にはトトに膝を折るいわれはどこにもない。

しかし、ホーイチはそのどちらも選ばなかった。

ふわりとトトの目の前に下り立ち、そのラヴェンダー色の瞳を正面から見つめて。

そうして尋ねた。

「ねぇ、ママって、なに？」

ほんのわずかに掠れた、静かな声だった。

彼の心を占める、強い疑問符。魂に染みついた問いかけ。

かつて彼の喰らったひとりの少年。彼が、死の間際まで、魂の叫びのように、残した、心。

(どこにいるの、ママ)

恋い焦がれ。

思い求める。

たったひとりの、やさしいだれか。

ホーイチのその問いに、にっこりとトトは笑った。

暗闇で最後に聞いた、あの声は、聞き間違いではなかったのだと、そう思ってトトは笑った。

きらめくような微笑みをひとつ。そうして、言った。

「じゃあ、トトが貴方のママになってあげる」

愛らしく告げられた、その答え。

(あぁ)

そうか、と彼——ホーイチは思った。

(あぁ、そうか)


ママは、ここにいたんだ……——。


そうして彼は、少女に静かに頭を垂れた。

小さな身体の小さな足下。

その夜、少女が手に入れたのは伝説の人喰いの魔物。そして魔物が手に入れたのは、自らが従うべき主人であり、小さな小さな、彼だけのママだった。

かつて、魔物は息をすることを知っているように、人を喰らうことを知っていた。

天地の境、世界の濃い暗渠《あんきょ》から生まれ出た時、身体は形を成してはいなかった。濃度の高い、魔力のガスでしかなかった彼、――正確には「それ」は、まずなにかを喰らいその造形を得なくてはならなかった。

ガーダルシアの港のはずれで、鎖に繋がれた少年を見つけた。

その身の内に魔力を宿し、しかし、誰も、己さえもがその強さには気づかずにいた。

『ボクを殺して』

少年は涙を落とし、懇願をしたのだ。

彼は奴隷として売られるために、船に乗せられて来た少年だった。

濃い褐色の肌をしていた。

『ママが、……ママが』

病に倒れ、目の前で殺されたのだと少年は言った。

『ママに会わせて、連れていって。ボクをお願い、殺して……』

魔物はその、願いを叶《かな》えた。

手を喰らい、足を喰らい、首元にかぶりつき。

なまぬるい血は濃く甘く、肌の破れる音がした。

捕食の歓喜はけれど、突然の異物の感触に途切れる。喰らい尽くせなかった異物は、少年の耳、そこにある、赤い魔除けの耳飾りだった。

少年が母から与えられていた耳飾り。思いの外強い力を持ったそれ。生まれたての身体が喰らうことを拒絶した。

果ての魔物は、不完全な身体と、アベルダインという名を手に入れたのだ。


国のはずれで生まれし〈人喰いの獣〉。その存在を聞きつけたのは高名なサルバドールの魔術師達。一度はその力をサルバドールに取り入れようとしたが、魔物に交渉の余地はなく、また、魔術師集団をもってしてもその時、彼を調伏させるだけの魔力を持った魔術師がいなかったことも災いした。

隷属させることを諦めた彼らは、次にその討伐に乗り出すこととなる。

やがてその身の痕跡から「アベルダイン」という少年の名を知った彼らは、真名を使い、神殿の奥に人喰いの魔物を封じることに成功した。

真名の刻まれた檻は、アベルダインにとって永遠にも似た眠りを誘う、揺りかごのようだった。

少年の身体とも、魂が順繰りに混じりあっていく。溶け込んでいく。引きずられていく。

憎しみがあった。飢えもあった。けれどそれよりも強く、強く魂の残り香が求めていた。

（マ、マ）

見たこともない誰か。

キミに、キミに会いたい。


「動くな……!!」

厳しい声が神殿の奥に響き渡った。魔術の火を入れたカンテラを持ち、ばらばらと雪崩れ込んでくるのはサルバドールに連なる高名な魔術師達だった。

人喰いの魔物の封印が解かれたことは、誰よりも早く尊師の耳に届き、深夜にもかかわらず神殿中の魔術師が集められた。

「トト……！」

その奥から聞こえた声に、トトが肩を震わせ、振り返る。

「おかあさん」

トトの父母もまた、その奥に見えた。けれど、トトのもとに駆け寄ってくることはなかった。

ふわりとトトの傍らで、人喰いの魔物――ホーイチのつま先が地から離れた。その顔に浮かぶのは残忍な笑み。

尊師が一歩踏み出し、厳しい声を上げる。

「大人しくしろ、アベルダイン」

糸を張る緊張が辺りに走る。

その空間を裂いたのは、魔物の落ち着いた声だった。

「なにをしに来た……サルバドールの魔術師ども」

これまでと同じ、少年の声音ではあったが、そこに宿る意志は暗く、重かった。

魔術師の尊師が、彼に命じる。

「トトを離し、再び檻に戻れ」

「なぜ？」

小鳥のように小首を傾げる。問い返されるまでもないことだった。そして答えさせるまでもないことだった。彼は昨日のことのように覚えている。サルバドールの名を持つ彼らに、力ずくで捕らえられたことを。

ホーイチの傍らでトトは小さく震えていた。彼女にとっては、大勢の大人がこちらを怖い顔で見つめていることが一番恐ろしかった。父親も母親も、もう助けてはくれないことがわかってしまったから。

静かに尊師が合図を送れば、魔術師達はすぐさま魔術の詠唱にかかる。その姿をけれど、ホーイチは満面の笑みで受け止めた。

「――ちょうどよかった。ボクはね、今、無性に腹が減っているんだよ」

アンタ達全てを、喰らい尽くしてしまえるくらいにね。

ホーイチはその手を空中で揺らす。あたかも楽団を率いるマエストロのように。

ひとりの魔術師の持つたいまつが、火を噴き意志を持つ蛇となりホーイチへと襲いかかった。

「遅いね」

くすりと笑い手のひらを流せば、火球はその手のひらに吸い込まれている。浅黒い肌が深い空洞のようだった。

「何百年経《た》っても、この程度のものか……」

呟きながら、間隙なく二撃、三撃が襲いかかるのを、ホーイチは笑い、蹴散らそうとした、その時だった。

「駄目!!」

甲高い声とともに、ホーイチの足が突然引かれた。

「なっ!?」

思いも寄らない方向から入った邪魔に、ホーイチがバランスを崩す。華奢《きゃしゃ》な足にすがりついていたのは、つま先を限界まで伸ばしたトトだった。

「なにを……!」

慌てて体勢を立て直しながら、指先だけで防壁を築く。粗い魔術で出来た壁は、襲いかかる火の矢とぶつかり光をはじいた。

サルバドールの魔術師達もまた、しがみつく少女の姿に魔術を中断せざるを得なかった。ホーイチにしがみついたトトは泣きながら、魔術師達に向かい叫んだ。

「駄目よ。駄目よ駄目絶対に駄目!!」

師であった人々。敬うべき大人達。両親。そんな全てを前にして。

「ホーイチを、いじめたら、駄目――っ!!」

その絶叫に、まず口を開いたのはホーイチの方だった。なにを言っているのかとトトを見下ろして、呆《あき》れ顔《がお》で。

「はぁ?」

そう吐き捨てられても、トトは強く首を振る。その瞳には涙が滲んでいるが、強く決意した表情で。

「大丈夫、大丈夫よ、トトが守ってあげる!!」

冷たく汗にしめった手を、浮かぶホーイチのそれとあわせて、己の震えさえ断ち切るように、己に言い聞かせるように彼女は言った。

「トトが守ってあげるわ。だってトトは、ホーイチの、ママなんだから……!!」

手を離し、ホーイチの前に仁王立ちになって、トトはその小さな腕を大きく広げた。壁にはなれなくとも、盾ぐらいにはなれるようにと。

困惑したのはサルバドールの魔術師達。そして呆れたのは人喰いの魔物。

肩を落として、ホーイチはその銀髪を指先でせわしなく搔《か》いた。その人間くさい仕草のあとに、

「キ、ミ、は、馬、鹿、か?」

一音一音を丁寧に区切って言い捨てた。もはやその投げかけは疑問ではない。確信だった。

「引っ込んでろよ! キミの役目はそうじゃない!!」

違うとホーイチは思った。この少女の役目は、自分の前に身体を投げ出し両腕を出すことではない。彼女は彼の主となったのだ。使い魔を身を挺《てい》して守る魔術師が、一体どこにいる?

「ボクに言えよ！　命じてみろよ、……守れと、言え!!」

そうすれば彼はその命のままに魔術師達と戦えるはずだった。負けるはずもないと思っていた。相手がトトにとっては尊敬すべき大人達であったとか、そんなことはホーイチには関係がない。自分を滅してくるものは全て敵で、魔術師達は彼の食料だった。

けれどトトはくるりとホーイチを振り返り、言う。

「黙ってなさい！」

小さな拳をきつく固めて。トトの心の中にあったのは、これまで見てきた母の姿だった。毅然《きぜん》としなくてはいけない。我がままは駄目だ。だって。

「子供は、ママの、言うことをきくものです!!」

その言葉に、うっとホーイチは言葉を詰まらせた。トトの魔力はホーイチの内包する魔力の何万分の一にも満たない。だから、言霊の拘束力は、彼にはないはずだ。それでも、従わずにはいられない強さ。彼はトトの使い魔だった。けれど、トトは彼の主ではなかった。

彼のママになったのだ。

「あぁもう……っ」

ホーイチはやはり人間くさい仕草で歯噛みをすると、「わかったよ、好きにしろ！」

そう言い捨て、ゆらりとその姿を水面に映る虚像のように揺らした。

「え……⁉」

次の瞬間、ぱしゃんと水のような音を立てて、彼は姿を消した。傍らに立つ、トトの、影の中へと吸い込まれていったようだった。

どこに行ったのかとトトは驚きに首を振り回すが、やがて彼女は気づき、自分の胸元をつかんだ。

（いる……）

自分の心臓の傍ら、すぐ傍に、違う音がしている。あたたかな、熱がある。

（ホーイチは、ここに、いる……）

姿が見えなくても、一緒にいるのだとわかった。それは、歓喜にも近い、涙の出るような発見だった。

だって、だってもう、ひとりぼっちじゃないのだ。

次の瞬間音を立てて、大きな影が近寄ってきた。大人達に取り囲まれて、トトは自分の胸元を握る手を強くした。大人達の垣根の向こうには、自分の両親の顔も見えた。けれどすぐにトトは両親から目を逸《そ》らした。

彼らの顔は、自分の子供を見るというのに、なにより恐怖で凍り付いていたから。

「…………トトよ」

言葉を発したのは尊師だった。フードの下のその目元は、暗い光を宿している。

「サルバドール・ジオルとサルバドール・アリの娘、サルバドール・トトよ。……なんということをしてくれたのだ」

トトは答えなかった。彼女は「なんということ」も、した覚えはなかった。追放をしてくれと、言うつもりだった。出来そこないで、落ちこぼれなら。どこにだって、自分を捨てればいいと。けれど言葉は出なかった。彼女はサルバドールしか知らないから。外のことは、なにひとつわからないのだった。

トトは小さく身体を縮めて、嵐が過ぎるのを待つようにきつく目を閉じた。彼女の知識と語彙は、尊師に申し開きが出来るだけのものではなかったから。

やがて、深い深い、ため息の音。

「……人喰いの魔物、〈アベルダイン〉は――」

「違います」

そして繋げられようとした言葉に、トトは顔を上げていた。まだ身体を小さくして、青白い顔で、震えを抑えて。それでも。

言わずにはいられなかった。

「違います、あの子は、そんな名前じゃありません」

トトの影が小さく小さく揺らいだ。確かな拍動を刻む、心の臓のように。

「あの子は、〈ホーイチ〉です」

その言葉に、尊師は目を眇めて、言葉を止めた。怯《ひる》むことなく強く言い切るトトを見下ろし、何事かを考えるような沈黙のあと、彼は背を向け静かに言った。

「……トトを懲罰房に連れていきなさい。これより、諮問会を行う」

懲罰房とは鉄の扉に閉ざされた、神殿の牢《ろう》のことだった。大人達に連れられ、トトは静かに連行される。

最後に一度、母親と目があったけれど。

彼女が唇を動かす前にトトは目を逸らして、ぎゅっと強く、自分の胸元をつかんだ。


懲罰房の空気は冷たく、白いベッドは清潔ではあったが、真新しいそのシーツの色は拒絶の意図を滲ませていた。

鉄の扉が閉められ、鍵のかけられる音がすると、ほたりとトトの瞳から涙が落ちた。

「うぁ……ああん……」

座り込み、顔を覆う。嗚咽《おえつ》を噛みしめることもせずに、トトは泣いた。誰の名前も呼べなかったから、泣き声を上げることに専念した。その涙に理由はなかった。恐ろしさだったのかもしれないし、安心だったのかもしれないし、「捨てられた」というさびしさだったのかもしれない。

「……ひっ、っあ、うあああん……」

涙声が狭く冷たい部屋を満たす。泣いて泣いて、眠ってしまいたかった。

そして目が覚めたら、また何事もなかったかのように、母親が起こしに来てくれればいいのに。自分のしたことに後悔はないけれど、ひとりの部屋の冷たさはあまりに、小さな身体に痛く染みたから。

ベッドに顔を伏せて、たったひとりで涙をこぼしていると、思っていた。

「——うるさいなぁ」

囁きというほど奥ゆかしくはなく、投げかけというほど思いやりのない言い方で、呆れたような小さな声がした。

目と頬、それから鼻を真っ赤にしたトトが顔を上げると、自分の目の前、ベッドの上に、ホーイチがあぐらをかいて座っていた。

気だるげに頬杖をついて、目を細めてトトを見下ろす。

「ホー、イチ……」

つい今まで打ちのめされそうな孤独に浸っていたトトは、ホーイチの突然の出現にひどく面食らった顔をした。しゃっくりをひとつして、雪解けの名残のように止まらない涙をぬぐう。

「なん、で……」

「なにが、なんで？　どうして？　どうして、ボクがいないと思うの？」

上半身をとびきり斜めにして、心底わからないというように彼は問いかける。

「ねぇ、どうして泣いているのさ、ママ」

ボクがいるのに。

なぐさめの意思など欠片も見られない、もどかしげにお菓子をねだる子供のようにホーイチが言うから、トトはぐっと、こぼれかけていた嗚咽を呑み込んだ。

それでも言葉が続かなくてぷるぷると震えていると、ホーイチはぐるりと懲罰房を見渡し、

「……ちんけな結界」

と呟く。そしてトトを見返すと、

「行く？」

「え……」

と小首を傾げた。

ぼんやりと問い返すトトに、ホーイチが苛立《いらだ》ったように「だから！」と声を荒げた。

「ここから出て行くかって聞いてんの！　こんな薄い壁、二秒で吹き飛ばしてやるけど。もちろん結界ごとね」

ふふん、と鼻を鳴らす彼は自信に満ちている。トトはと言えば、ホーイチの言う結界の存在さえ感じ取れない始末だ。

改めて、ホーイチは確認した。

「一緒に行くんだろ？」

確かにトトは、ホーイチに言ったのだ。「一緒に行こうよ」と。けれどそれは、サルバドールを追放される自分についてきて欲しいという意味で、どこへと行くあてがあったわけではない。

ともに来てくれるホーイチがいても、彼女には目的地がなかった。

だから。

「……いい……」

足をぱたぱたと振って靴を脱ぎ捨てながら、ベッドに上ったトトは座り込むホーイチをのぞき込むようにして、「ホーイチがいてくれたら、それでいい」と呟く。

ホーイチはその言葉に、水色の瞳を大きめに開いた。けれど次の瞬間には、その唇を不満げにとがらす。

「つまんないの」

その言い方が本当に退屈の嫌いな同世代の男の子のようだったから、トトはなんだか不思議な気分になって、ふてくされ気味の横顔を見つめた。

ねぇ、と語りかける。

「……ホーイチは、トトの、使い魔？」

「他になにがあるのさ」

相変わらず冷ややかな蔑視とともにホーイチはそう言う。なんだか夢のような話だと、トトは思った。使い魔なんて高等なものを、自分の生涯で持つことが出来るなんて。

「ホーイチは、トトの言うこと、なんでも、聞いてくれるの？」

本来使い魔とはそんな生き物だ。様々な契約の仕方があるが、基本は主人である魔術師に絶対服従である。けれどホーイチは目を閉じて肩をすくめ、「どうかな」と冷たく言い放った。

「キミは魔力も低いしね。真名を使った令でも、いくらだって抵抗の余地はありそうだ。ボクはボクのやりたいことしかしないし、やりたくないことはやらない」

我がまま極まりない言葉だったが、ホーイチは続けて目を細めてトトを見ると、唇を笑みの形に曲げて言った。

「それでも言うだけ言ってみれば？　キミはボクになにを望むのさ」

傲慢ささえ窺《うかが》えるその言葉に、トトはベッドに座り込んだまま口元をまごつかせた。懸命に思い出していたのは、神殿の上級生達の演習見学だ。

その時にも、召喚した魔物の使役に関して。どんな言葉を使っていたか、うろ覚えではあったけれど、訥々《とつとつ》とトトは言う。

「――サルバドール・トト、の、名に、おいて……使い魔、〈ホーイチ〉に、命じ、ます」

それは、一番簡素な真名の指令句だった。

「聞こう」

ホーイチはにやにやと笑いながら、一体どんな命令が下るのか、待ち望んでいるようだった。意に添わない令であれば、すぐにでも反故《ほご》に出来るのだと、その自信に満ちた表情は語っていた。

トトが息を吸い、吐く。それから、おずおずと言った。

契約を結んでから、はじめての命令を。

「トトが、眠る時には、手を、繋いでいて」

「は？」とホーイチは問い返すように、口を半開きにする。けれどトトは必死な面持ちで、言葉を繋げた。

「手を繋いで。『おやすみなさい』と言って。そして、目が覚めたら――『おはよう』と、言って」

トトの令の、それが全てだった。

沈黙が下りた。ホーイチは何度も唇をもどかしげに動かしてトトに罵倒の言葉を浴びせようとし、なんと言っていいのかわからず口を閉ざした。

そんな繰り返しののちに、ようやく出てきた言葉と言えば。

「……本当に、キミは馬鹿だ」

そんな、感嘆さえこもったような。吐息混じりの呟きだった。

トトはすがるようにホーイチのことを見ている。他に彼女に望みはなかった。あったのかもしれないけれど、今一番の困り事は、この冷たい部屋でひとりで眠らなければならないというその現実だ。

「あ、でも！」

トトが思い直したように慌てて言葉を紡ぐ。

「ずっと繋いでてってわけじゃないのよ、ホーイチも眠らないといけないだろうし、起きられないこともあるかもしれないしだから――」

「わぁかったよ！」

その言葉を遮るようにホーイチは言葉を投げると、ふわりとベッドから浮かんで、けれどもそのすぐ傍に、空中であぐらをかいた。

「さっさと寝なよ！　ほら！」

差し出される手。浅黒い肌に、細い金の腕輪が光っている。手のひらだけは、褐色ではなく薄い桃色だった。

トトは花のほころぶような満面の笑みを浮かべ、ベッドにもぐり、その手をとる。

繋いだトトの手は涙に濡《ぬ》れて少し冷たく、ホーイチの手はぬくもりを持っていた。魔物ではあるけれど、人間となにひとつ変わらない手のひらだった。決して手放したくない、あたたかさだった。

「……おやすみなさい、ホーイチ」

小さな声でトトが囁く。

手を繋いだホーイチはため息ひとつ。気だるさの滲む声色は、ともすれば優しいともとれる囁きで。

「おやすみなさい、ママ」

冷たい風が暖かく変わり、港の賑《にぎ》わいがいっそう高まっていく季節のこと。

トトにとっては優しい家族を離れ、そうしてその代わりに、かけがえのない半身を手に入れた、忘れがたい夜だった。


伝説の魔物を使い魔とした、トトの処分はなかなか決まることがなかった。完全なる受肉ばかりでなく、真名まで手に入れた魔物を支配下にすることは現実的ではなかったのだろう。かといって、野放しに出来るほど小さな脅威ではない。

その混迷、紛糾を知ってか知らずか、トトとホーイチは狭く閉ざされた部屋で、ままごとのような暮らしをはじめた。

市井から子供を集めることも多いサルバドールの神殿には、親から離れた子供達のための寄宿舎が存在する。本来ならば数名で一部屋を使用するが、トトは特別に一人部屋をあてがわれた。扱いとしては牢獄《ろうごく》ともとれたが、心細く思うことはなかった。なぜなら傍にはホーイチがいたから。

「ねぇホーイチ」

「なんだいママ」

呼べばいつも傍らにある少年は、父とも母とも疎遠になってしまったトトの、たったひとりの家族だった。

監禁めいた数日のち、なんの処分も決まらぬまま、トトは神殿の授業に復学することになった。

何人もの魔術師に連れられ、久々に神殿の教室に足を踏み入れた瞬間、これまで学友だった少年少女達が、一斉に彼女を見て、そして一斉に口を閉ざした。

不自然なほどの沈黙が、彼女へ拒絶の色を放っていた。

沈黙の中でトトの机はひとつ、他の子供達と距離をあけて置かれていた。

特に態度に顕著な変化があったのは、トトをいじめていた男の子達よりも、トトを時にかばってくれた女の子達だった。

彼女達は、トトと目をあわせようともしない。話しかけても答えない。そそくさと距離をあけて、時折トトを盗み見て、小声でお喋りをするだけだ。

トトは静かに椅子に腰かけて、自分の顎の下、封印布の結び目をいじる。不様に泣いてしまわないように。強い封印布をもってしても、聞こえすぎる耳がいやだった。

（落ちこぼれ）

（汚らわしいわ）

女子の陰口はことのほか陰険だった。

（自分の身体を売ったのよ）

（分不相応な使い魔を手に入れて！）

耳を塞ぎたい。けれどそんな行為に意味はないから、トトは強く目をつむる仕草をした。自分の胸の傍らに別の鼓動があることを、確認するように。

針のむしろのような中で授業を終えたトトは、掃除も早々に切り上げて、教室を飛び出した。

早く自分の部屋に戻ってホーイチと話したかった。人前でホーイチを呼び出すことは、トトにも出来なかったが。

狭くて薄暗い小さな部屋が、教室よりもずっと安息だった。

「トト、待てよ！」

神殿から寄宿舎への渡り廊下の途中で呼び止められた。

待ちかまえていたのは、同級生の少年達と、トトも言葉を交わしたことのない上級生の少年だった。

道を塞ぐように立つ彼らに、トトが怯えたように足を止めた。

「伝説の人喰いを使い魔にしたんだって？」

一番背の高い少年がゆっくりと歩み寄ってくる。トトは退路を探すように、視線を彷徨《さまよ》わせた。

「なぁ、見せてみろよ！」

次の瞬間だった。突然、重たい衝撃と、不快な音、そして冷たさが来た。

学友の少年にバケツに入った水をかけられたのだと、わかるまでしばらくかかった。

髪の間から水が滴り落ちる。

「やっぱり嘘なんじゃねぇの？　お前みたいな落ちこぼれが、使い魔なんて従えられるわけがあるか！」

「——、……」

トトは自分でもわからないうちに、神殿の濡れた地面に座り込んでいた。腰が抜けている、ようだった。答えようとする唇は青くわななないて、瞳に入り込む水滴が、涙を誘発する。

「なんとか言えよ！」

箒《ほうき》の柄が振りかざされ、座り込んだトトをめがけて振り下ろされる。

「……ひっ!!」

殴られる、と、息を呑んで頭を抱え込んだ、その時だった。

突然の破裂音と、少年達が驚きに叫ぶ声がした。

「なっ……！」

トトが顔を上げられないでいると、トトの頭上からは彼女のよく知る、飄々《ひょうひょう》とした声がした。

「これはこれは、熱烈な歓迎だね」

言葉尻が微笑んでいるのが、トトの耳にもはっきりとわかった。

「ご期待に応えて出てきてやったよ。拍手はまだかな？」

顔を上げれば、目前に浮かぶその影は、彼女の使い魔、銀の髪、褐色の肌。

箒を振り上げた少年は地面に腰を下ろし、粉々となった木片を握っている。それは、つい今ほどまでは箒であったもの。

「貴様が人喰いか……！」

長身の少年がなにかの印を構えようとした、次の瞬間だった。

「うん、そうだよ」

ふぅ、とホーイチは細い自分のひとさし指に息を吹きかけた。次の瞬間、煙管《キセル》の煙のような白い煙が、宙を走るように駆け抜け、その少年の指をとらえ、腕をとらえ。

「!!」

そうして首をまきとるようにとらえた。

そのまま少年は、煙に引き上げられるように吊《つ》り上《あ》げられる。苦しみに首を掻いても、白い煙は指の間をすり抜ける。

「うあ、あ、あああああ!!」

足をばたつかせた少年の悲鳴と、無邪気な笑い声が重なった。

「アハハ! アンタ達のような羽虫が魔力を持っていたって、使いこなすことさえ出来ないだろうさ!」

愉快げに笑うその姿はあまりに喜々として、それゆえに周囲の少年達を恐慌に陥れた。

ホーイチが煙を引くと、その少年の耳元に唇を寄せ、愛を囁くように低く言うのだ。

「ボクがもらうよ」

煙が少年を、覆い尽くす。

絶叫とともに、小さな命がこときれる――はずだったのかもしれない。

けれど、その足に、しがみつく小さな影があった。

「駄目」

震えながら、涙をこぼし、けれど必死に「駄目よ」という言葉に。

「……」

ホーイチはちらりとトトを振り返ると、浅いため息をついて指を鳴らした。崩れ落ちた少年が倒れるのを合図に、他の少年達が蜘蛛《くも》の子を散らすように地を蹴った。

けれどホーイチはその背を逃がさない。

彼がやわらかい動作で指を鳴らすと、その手首から現れた旋風が少年達の足を搦《から》め捕《と》り、地面に倒す。

転倒程度で済んだことを、幸運だと思えるように。

「次はないよ」

その澄んだ水色の目はもう笑ってはいない。生殺与奪の判断が、ただの気まぐれではないと語っている。

——殺すと決めたら、必ず殺す。ただ唯一、小さな少女が、止めない限り。

その日を境に、トトへの暴力はなくなった。

狭い寮の一室では、しゃっくりと鼻をすすり上げる音がしている。隣に座ったホーイチはうんざり顔だ。

彼にはトトが泣いている理由はわからない。少年達をこらしめたことについて、大人達から咎《とが》めを受けたわけでもないだろう。

自分に監視の目があることを、ホーイチはとうの昔に感じ取っている。しかし見られて困ることなど彼にはないし、いざとなればその目をくぐり抜けることも、彼には造作もないことだった。

自分とこの未熟で小さな「ご主人様」の、正解が何か、不正解が何かなんて興味がない。

ただ、そんな彼にも、わからなくて困ることは、ある。

「だから、なんで泣いているのさ……」

いい加減、答えが返らなければ姿を消してやろうと思った矢先だった。

「だっ、て」

しゃっくりを不自由そうに呑み込みながら、トトは言った。

「みんな、みんなあたしを落ちこぼれの出来そこないだって、言うの。こんなところにいる資格なんてないって。魔物に、身体を売って。悪魔と契約をして、たいした魔力もないくせに、分不相応な、使い魔を手に入れて、って……」

「その通りじゃないか」

頭の後ろで両手を組んだホーイチの答えはにべもない。

「反論の余地もないね！　それは本当のことさ」

目を真っ赤にして顔を上げたトトを振り返りもせず、ホーイチはまぶたを下ろしたまま、当たり前のように明快に答えるのだ。

「キミが落ちこぼれなのは本当のことで、魔術師として出来そこないなのもその通りだよ。だからなんだい？　それで誰に迷惑をかけたの？　言いたいヤツには言わせておけばいい。キミが泣く理由なんてないじゃないか」

そして次の言葉だけは、彼はトトの瞳を見て言った。

「ボクがキミに分不相応なのも、本当のことだ。でも、それだって仕方がないんだよ。ボクはキミに決めたんだから」

次の瞬間、首元に飛びついてきたトトの行動が唐突すぎて、「わ！」とホーイチは声を上げてバランスを崩しかけた。

ホーイチを抱きしめるトトの腕は華奢で、けれど必死だった。

腕に力をこめながら、彼女は言う。

「あたしだって、あなたのママになるって決めたわ！」

どれだけ泣いても。

なんにも出来なくても。

これは、自分が決めたこと、とトトは何度も自分に確かめた。

ママだから、ちゃんとしなくちゃと、トトがホーイチを見上げながら尋ねる。

「ホーイチは、人喰いなのよね？」

「うんそうだよ」

「人間を食べるの？」

「うんそうだよ」

彼の言葉は気まぐれで、けれど誰より真《ま》っ直《す》ぐだ。ひねくれた笑みを浮かべることはあっても、その言葉に嘘はない。

だからこそ、トトはその答えに顔を曇らせた。自分が恐ろしさを感じたからではなく、ホーイチの未来に不安を感じて。

「そんなのだめよ、人間以外を食べることは出来ないの？　たとえばトトのごはんと同じものだとか」

「無理だね！」

鼻を鳴らして小馬鹿にしたようにホーイチは言う。

「ボクが喰うのは人間の生命力と魔力さ。血肉はその付属品に近い」

その言葉にトトはぱっと顔を輝かせた。

「じゃあ、魔力を食べていればいいのね！　あたしの魔力をあげる！」

だって、ママなんだから。

けれど彼女の使い魔は、いつものように片方の眉をピンと糸で引いたように上げる。

出逢《であ》ってまだ日が浅いトトにもわかる。呆れた時の彼のくせだった。

「馬ッ鹿じゃないの？　キミ、自分が落ちこぼれだっていうこと、忘れたのかい？　キミ程度の魔力で、ボクが生き繋げるわけがないだろう？」

その言葉に、トトはくしゃりと顔を歪ませて、またみるみる瞳を潤ませた。自分が未熟で、不出来だから。ホーイチに不自由を強いてしまうなんて。

今にも泣き出しそうなその表情に、ああもう！　とホーイチは歯がゆげに叫ぶ。

「わかった、わかったよママ!!　見つかるようなへまはしないって！　人間ひとり喰えば、当分食事はいらないんだしさ！」

けれどもトトは涙を浮かべて首を振る。

「駄目。駄目よ！　魔力だけにして。お願い、お願いよホーイチ……」

すがる少女にホーイチは、鬱陶しげに頭を掻いた。

「……お願いって、言うけどね……」

そんな簡単なことじゃないんだけど、とホーイチの顔には書いてあった。

そんな簡単なことではない。でも、命令ではなく、お願いでも。聞いてやりたいと思ってしまう自分がいることに、他ならぬホーイチ自身が驚いていた。

だって、抱きしめる小さな身体が、手が、心臓の音が、あたたかかった。ずっと。そして。

「あたしが、絶対ぜったいなんとかしてあげるから」

舌足らずな、鼻声の、甘い、甘い声だった。

なんとかするだなんて、言葉にするのは簡単だけれど、方法なんてわからない。あるのかどうかも知らない。でも、そうする。だってトトはママだから。

心に決めるように。絶対に破らない約束をするように言う。

「あたしにはあなただけよ」

トトはそれまで誰かに選ばれたことなどなかったし、天から与えられた環境以外に、誰かを選んだことなどなかった。誰かの唯一無二の特別になることなんて、あるはずがないと思っていた。

けれどホーイチはトトに言うのだ。トトに決めたのだと。トトを選び、トトがいいのだと彼は言ってくれた。

だからトトの決意は、その選択への答えのつもりだった。胸から湧きあがる歓《よろこ》びを、口に出さずにはいられなかった。

「おかあさんがいなくても、おとうさんがいなくても、友達がいなくても。あたしには、ホーイチがいるから」

その言葉に、ホーイチは一瞬瞠目《どうもく》して、そしてやわらかく、その目を細めた。

「……うん」

そのうなずきもまた、鼻にかかったような、ほんの少し甘い声だった。トトは重ねるように囁く。

「トトには、あなただけ」

「うん」

そうして彼は、トトの小さな背中に手を伸ばす。強すぎる彼の力で、この小さな母親を壊してしまわないように、そっと、そっと。

「……ボクにも、キミだけだよ」

いつか二人の鼓動が闇に溶けて、そうしてトトが眠るまで。

二人は決して、その手を離すことはしなかった。

数日間の監視のあと、二人の処分を決めるための諮問会は再び開かれた。

報告を吟味し、彼らは決断をしなくてはいけない。静観か、排除か。

会に持ち寄られた報告は、片方の選択を選ぶしかないものだった。

人喰いの魔物〈アベルダイン〉改め、使い魔〈ホーイチ〉は、サルバドール・トトに隷属の意志を示し、彼女を守る時のみ、その魔力を行使している。

従って。

「サルバドール・トト、ひいては使い魔ホーイチをサルバドール一族の財とせよ」

彼らの知識と魔力はそのままガーダルシアの国力でもある。みすみす逃すことは出来ない。

「運命を授けられた二人は、サルバドールが導くのだ」

確かに二人の出会いは運命だったのかもしれない。

けれどそうしてトトは、サルバドールという鎖に生涯、繋がれることとなる。

どこにも行けないと嘆いた少女は、外の世界も知らないままに、本当にどこへ行くことも出来なくなってしまったのだった。

それが果たして幸福だったのかどうかは、彼女も大人も、魔物さえも、永遠に、知るものはいない。

サルバドールの落ちこぼれ、サルバドール・トトがガーダルシアの人喰い、ホーイチを使い魔にしてから、十年の月日は神殿において過ぎた。一閃《いっせん》の如《ごと》く過ぎ去ったわけではないが、振り返ってみれば長いとも短いとも言いがたかった。トトは神殿の同級生から孤立したままにみるみるうちに大きくなり、若い娘となった。青紫の瞳はそのまま、金髪の混じる茶色の巻き毛も肩まで届くほどで、気だては悪くはなかったが、気むずかしく、強情な娘となった。そしてその影にはいつも、使い魔であるホーイチがいた。

彼はと言えば、銀色の髪は変わらず短く、水色の瞳に三連のほくろ、十にも手の届かない外見は、出会った時のそのままだった。その現実は時折トトに特別な感慨を与えたが、徐々に徐々に母と息子の外見に近づく自分達のあり方に、このままで構わないと思ったりもした。

おおよそ十六の年に、サルバドールの少年少女は神殿の学舎を卒業する。その後も大半は魔術の研究に従事するが、トトは自分にその未来はないのだろうと、神殿の講堂で師達の言葉を聞きながら思った。

トトの周囲には誰もいない。誰もが彼女を避けている。彼女と、彼女の影にひそむ獰《どう》猛《もう》な使い魔のことを。

かつてトトはホーイチだけだと言った。

そしてホーイチもまた、トトだけだと言った。

誓いともいえないささやかな約束は、いじらしく守られていた。

日常の中、ちらちらと物珍しげにこちらを見てくる視線だけをトトは感じるが、彼女にとってはそよ風が頬をなでることと同じくらいの自然な営みと化していた。

ホーイチは昼の間、トトの影で静かに寝息を立てている。

夜はトトを寝かしつけ、そうして静かに闇の中へ消えていく。どのようにして魔力を調達しているのかは、トトは知らない。

ただ、時折、神殿に暮らす魔力を持った人間が、眠っているうちにひどく疲労を覚えていることがあるのだという。そのような現象が、トトの周囲では「人喰いに喰われた」と称される。たとえそれが前夜の遊び疲れだったとしても、だ。明らかにトトやホーイチに対する皮肉も混じっていたが、トトは気にしなかった。

ホーイチはトトに気にするなと言ったし、トトも、ホーイチさえ健常でいてくれるのならば、そして神殿で人死にが出ていないのならば、構わないと思っていた。

魔物であるホーイチが生き繋いでいくのに、さほどの魔力を必要としないのは、使い魔としてたいした仕事を言いつけられないからでもあった。

彼の性格はどこまでも好戦的であったが、それ以外の雑事に関してはいい加減でものぐさだった。喧嘩《けんか》のひとつもふっかけられないこの状況を、ホーイチは何度も「退屈だ」とぼやくけれども、トトの元から離れようとすることはなかった。どれほどトトの落ちこぼれぶりに呆れ、泣き虫に辟易《へきえき》したとしても。

トトはこの十年で、友達らしい友達はほとんど持たなかった。

ホーイチだけでいいのだと彼女は言った。そして、彼はその言葉に喜ぶでもなく、ずっと傍にいた。当然のように。

——城に上がらないかという話が来たのは、トトが学舎を卒業した、その日の夜のことだった。

彼女の暮らす寮の扉を叩いたのは、久しく会っていなかった父親だった。会うたびに、溝と距離ばかりを感じる両親について、トトはもう諦めに近い感情を抱いていた。

サルバドールの老人達がトトの将来について、一体どのような判断を下すのかはわからなかったが、王宮へ上がれといわれることは、トトも想定の範囲外だった。それでも。

「あたしに宮廷魔術師になれと言うの？」

冷たい声でトトは言った。

「そんなの、どうかしてるわ。あたしはサルバドールの落ちこぼれよ。それとも、みんなの目当てはあの子？」

そこでトトは父親を強く睨みつけた。憎しみのこもった、強い視線だった。

「——ホーイチに、国のために人を殺せと言うの？」

強い批難の言葉に、狼狽《うろた》えたのは父親だった。

「違う、誤解しないでくれ」

「じゃあ、なに？」

たたみ掛けるようにトトが問えば、父親は慎重に言葉を選んだ。

「お前に……させたい仕事は、宮廷魔術師ではない。……外交官だ」

思いも寄らない言葉に、ぽかんと口を開けたのはトトだった。

「外交官？」

確かにトトの暮らすガーダルシアは、貿易で栄える国であり、港に着く船からは、各国の要人が降りてくることも多い。大陸の窓口のひとつとして、ガーダルシア王国における外交の仕事は重要な位置を占めている。

そして自分の父親がその補佐的な仕事に就いていることもトトは知っていた。けれど外交官には、相応の家柄と長い経験、多くの知識、なにより富んだ教養が必要なはずだった。一朝一夕で務まるものではない。

「ああ。外交官になるために、城に上がり教育を受けてみる気はないか。お前には才能がある」

父親はそう言い、また言葉を探すように瞳を泳がせて、低い声で言葉を添えた。

「……お前にはその、耳がある」

肩の力が抜けるように、トトはその言葉が深く腑《ふ》に落ちた。

(ああ)

そういうことかと、彼女は言葉を嚙みしめる。

この耳か。

どんな言語も聞き分け、解する耳。確かに、外交官としてこれほど重宝される能力もないだろう。

自分に務まるだろうかとトトは思った。そう思う前に浮かび上がったのは、もうずいぶん昔となってしまった思い出だ。東国の青年と、彼の語ってくれた心躍る物語。

あんな物語が、また聞こえることがあるのだろうか?

トトがサルバドールである限り、もうどこにも行けないのだとわかっていたけれど、再び外の世界を垣間見《かいまみ》ることが出来るのかもしれないという期待は、彼女の胸を躍らせた。

「それは……」

その心情を悟られないように、トトは窓の外を見ながらそっと問うた。

「サルバドール・トトとして？ それとも、あたし個人として？」

問いかけに父親が逡巡《しゅんじゅん》するのが、その息遣いだけでトトにはわかった。そしてその躊躇いののちに放たれた言葉は。

「……サルバドールとしてだ。当たり前だ、お前は、私達の……たったひとりの娘なのだから」

白々しい、とトトは思った。どの口でそんな風に言うのかと問い詰めてやりたい気もしたけれど、そんなことをしても虚《むな》しいのは自分の方だと、トトにはわかっていた。だから父親を振り返り、諦めた風に笑うことしか出来なかった。

「どうせ、あたしにはもう選択の余地なんてないんでしょう？」

それは、トトが十六になる春のことだった。

使い魔を手に入れ、流れたのは十年の歳月。彼女はサルバドールの名を持つ、初の正式な外交官候補として、城に入った。


神殿の宿舎から王宮のそれへとトトの住まいは変わったが、調度品の質が格段に向上した他に、これといって彼女の生活に変わりはなかった。

神殿と王宮は隣接しており、トトは内心、ほっと胸をなでおろした。群れる魔術師の傍にいることは、必要なことである気がした。ホーイチが一体どこで魔力を得ているのか、はっきりと尋ねたことはないけれど。

魔術師の家系に生まれたトトが、正規の外交官になるためには様々なことを学ばなくてはならなかった。語学を学ぶことはトトには造作もないことだったが、そんな彼女の前にも課題は山積みだった。各国の情勢、歴史や文化を学ぶのだろうとトトは思っていたが、実際はそんな学習は独学でどうにでもなるものだった。

それよりも、師につき、学ばなければならないのは、礼法と呼ばれるそれだった。トトとて、親から離れるまでは常識的な躾《しつけ》を受けているつもりでいたが、外交の場とは華やかな社交の場を意味する。

毎日毎夜、トトは厳しい師につき、食事の作法からダンスのステップまで、汗が流れるほどに叩き込まれた。それらは上辺だけのものではなく、時に精神のありようまでも言及した。

毎日疲労困憊《ひろうこんぱい》して部屋に戻るトトに、ホーイチはずっと不機嫌極まりない顔をしている。

「復讐してきてやろうか」

不穏なことを、とても真剣な顔で聞く。つまりそんな言葉が彼なりの心配なのだと、トトはわかっていた。

「ちょっとこらしめてやるだけでもいい。もちろん二度と目を覚まさないようにしてやることだって――」

弱々しく首を振って、「いいのよ」とトトは己の使い魔を諌《いさ》めて抱きしめる。

もう、トトの身長はホーイチのそれをゆうに越えてしまっている。彼はいつも宙に浮かぶので、普段は実感することこそ少なかったが、抱きしめればその身体の細さや肩の小ささが際だって、トトはまた愛《いと》しさが募るのだ。

「わたくしは出来そこないじゃなくなるの」

「ボクはキミが出来そこないでいい」

耳元で囁かれる言葉は、いつでもトトの心を救ってくれる。それは十年も昔から決して変わらぬ営みだった。

「そんなの駄目よ」

「ボクは構わない」

「わたくしは構うわ」

「どうして？」

空中に浮かんだホーイチの瞳がトトをのぞき込む。いつだって彼はそうして水色の瞳で、トトに問いかけるのだ。

一番大切なものはなんなのかと。

トトは唇を噛みそうになって、けれどそこに乗った紅の存在を思い返した。そして呟く。

「わたくしにも、なにかが出来るのだと思いたいのよ」

その表情はもう、教室の隅で俯いていた落ちこぼれの少女のものでも、恐ろしい使い魔を背後に置いて頑《かたく》なに唇を噛んでいた少女のものでもなかった。

少女から女へ、子供から大人へ変わろうとする、まるではじめてひとりで立ち上がろうとでもするその姿に、けれどホーイチは不満顔だった。

「キミがそんなに強くなったら」

ふいに顔を背けて唇をとがらせ、ホーイチは言う。

「ボクはいらなくなる」

トトは顔を上げてぽかんと口を開き、そして次の瞬間に笑い出した。

「馬鹿ね」

ずっとホーイチの十八番《おはこ》だった言葉を、笑いながら言う。

「馬鹿ね、貴方」

手を伸ばせば握り返すその手があるから、彼女はやはり、彼を馬鹿ねと笑うのだった。

本格的な外交の場に呼ばれる前に、トトが招かれたのは王宮内の小さな茶会だった。

風のない、穏やかで明るい昼下がりのこと。主催が王族のものであるというそれに、トトはひどく緊張した面持ちで向かった。

茶会は広いバルコニーで行われていた。明るい笑い声がもれているので、トトは背筋を正し、その輪に近づく。

「ごきげんよう、みなさま」

貴婦人達が一斉にトトを見る。数名の婦人は、皆一様に顔を上げてトトを見た。笑い声は控えめに甲高かったが、その場に座していたのはほとんどが妙齢の婦人だった。そして一番奥に、ひとりだけ、トトよりもまだ年若い少女が座っていた。

「貴方が、サルバドールの外交官候補？」

真っ先に口を開いたのはその少女だった。くるくると巻いた黒い髪に、やはり黒目がちな、美しく深い瞳。肌は白く、小さな唇の赤さが際だつ。印象的な深い紫のドレスを着ていた。

「サルバドール・トトと申します。お会い出来て光栄です、みなさま」

脳天からからつま先に神経を集中させて、叩き込まれた作法で。

どこか硬い仕草を、周囲の貴婦人達はわずかに微笑んで迎えてくれたようだった。

けれどトトが顔を上げた時、黒髪の少女の瞳は退屈そうに細められ、そのやわらかそうな唇からこぼれる言葉は辛辣だった。

「ずいぶん安っぽいドレスなのね？　お化粧もなんだか野暮ったくて、拍子抜けだわ」

トトは思わず眉を上げ、凍り付く。周りの婦人達も慌てたように、「姫様……」と諫める声を小さく上げた。

（姫様）

その呼び方に、今回の茶会の主催が誰であるのかトトもはっきりと理解した。ガーダルシアの王家の姫君。あまり聞き及ぶことのない存在だったが、確かに現国王の末子は娘であったはずだった。

その姫君はけれど、凍り付いたトトににっこりと笑う。鮮やかで、幼いながらもあでやかな微笑みだった。

「あたしの名前はティーランよ」

知っていて当然だという顔は、ティーランはしなかった。むしろ、知らないことこそ当然であるかのように、トトに自分の名を明かしてみせた。

「堅苦しい挨拶は苦手でごめんなさいね。聞いたわ、あのミセス・オールドの授業を受けているのですって？　ミセス・オールドは厳しいでしょう？　あたし、あの人の授業、三日で逃げ出したのよ」

うって変わって明るく放たれる言葉は自由で、硝子を鳴らすようなきらめきだった。

ミセス・オールドとは、王宮で作法を教える、トトの師でもある女性の渾名だ。トトは唇の端を引きつらせるようにどうにか笑って、「……ええ」と答えることが出来た。

その反応が正解だったのかどうかはわからないが、ティーランは流れるように言った。

「どんなに見せかけの作法が出来たって、それだけじゃあ駄目なのにね？　どうぞ、お座りなさいな」

トトは気の利いた返答も出来ず、ティーランの正面に座った。

顔が引きつり、言葉が喉の奥に詰まってしまうようだった。ティーランの力強い真っ黒な瞳は、いつかトトを迫害した同年代の子供達を彷彿《ほうふつ》とさせた。

それから婦人達はそれまでの会話がなかったかのように、ほがらかに話題を続けた。

季節のことや歌う鳥のこと。海のこと、食べ物のこと、当たり障りのないそれぞれ。それらを、ティーランは気まぐれに笑ったり、退屈げにあしらったりした。トトはただ座ってうなずくのみで、並べられたガーダルシア産の紅茶でさえ喉を通らず、ゆっくりと熱を失っていった。

会話がふと途切れた、その時だった。ティーランの瞳が突然トトを捉え、そしてその唇が笑みの形のままに開いた。

「ねぇ、トト、貴方って耳がないのでしょう？」

唐突にそんな言葉を投げつけてきたティーランに、周囲の取り巻きの婦人達が凍り付いたのが、トトの目からも容易にわかった。

トトは普段封印布をかぶり耳元を隠している。彼女が耳を持たないことを知らない者はない。「人喰いつき」のトト。彼女の耳については、現在の師であるミセス・オールドも、何も触れないでいる。

「見てみたいわ」

ティーランはそれを、いとも簡単に言ってみせた。思わぬ言葉に思考が凍ったが、狼狽える周囲を見るにつけ、トトは逆に冷静になるようだった。

「お言葉ですが」と硬い声を上げる。

「わたくしのこの耳は、封印布がなくては日常生活に支障が出ます」

ティーランはうなずく。

「わかったわ。ちょっとだけね」

なにもわかっていない、とトトは思う。

諦めたように布をとってやろうと決めたのは、嫌がらせに近かった。

怯めばいいと思ったのだ。

封印布をとる、その下にある黒い穴を、恥だとトトは思ったことはなかった。たとえ不気味であったとしても、彼女には大切なものだ。

その穴は、トトとホーイチを繋ぐものだったから。

「へぇ……」

見せてくれとせがんだわりに、ティーランの感動は薄いものだった。まじまじとない耳をのぞいて、トトが封印布をかぶせ直すことを止めることもなかった。

ティーランは感想を述べることもなく、すぐに興味をなくしたように次の提案をしてきた。

「ねぇトト、貴方って使い魔がいるんですって？」

今度こそ、トトの動きが止まる。トトの使い魔、ガーダルシアの人喰いのことは、サルバドールの一族の中でそうであったように、城において禁忌のように扱われていた。公然の秘密でしかなかったけれど。

「どんな使い魔なの？　猫？　鳥？　それとも、もっとおぞましい獣？」

彼女の言う通り、魔術師が従える使い魔は獣の姿をしていることが多かった。

「ものすごく強い魔物だって聞いたわ。ねぇ、あたしに見せてちょうだい？」

トトは黙した。自分が強く拳を握りしめていることに気づいて、腹の底にたまっていく感情が怒りだとわかった。わかったので、どうにか抑えることが出来た。

「——……お言葉ですが、姫君。わたくしの使い魔は気性が荒く、このようなところに呼んでは姫様にご無礼をする恐れがあります。どうか、ご容赦下さい」

「いやよ。我慢なんていやだわ」

「わたくしの使い魔は人喰いです」

これで打ち止めと言い放った言葉にも、ティーランは笑った。

「構わないわ」

その乾いたような笑いを、トトは怒りよりも困惑をもって迎えた。

結局、人前で滅多に呼びつけることのないホーイチを呼ぶ気になったのは、これ以上言い争いを避けたかったからだ。

「――……ホーイチ」

名をひとつ呼べば影が震える。たとえ彼がどれほど深い眠りにあったとしても、遠く離れた場所にいても。トトは彼の魂を目覚めさせる名を持っている。

周囲の婦人達がおののくように腰を浮かせた。

「呼んだかい？」

ホーイチが銀の髪を揺らし、ふわりと浮かび上がると、ティーランの黒い瞳が輝いた。

唇を「まぁ」という言葉の形にして、笑う。

「人喰いの魔物だなんて言うから、どんなに醜いものかと思ったけれど。可愛《かわい》らしいわ！」

頰を上気させてそんなことを言うティーランを、ホーイチはおざなりに一度流し見て、すぐに関心をなくしたように目を逸らした。

「なにか用？」

トトに聞く。他の人間など存在していないかのように。

「用ってわけでは、ないのだけれど……」

苦い顔をするトトに、「ふぅん」とホーイチは空中でくるりと回った。

「珍しく昼間に呼び出されたから、キミがまたいじめられているのかと思った！」

身体を反らしながら言う言葉に、トトは小さく笑った。ティーランがその様子をじっと見ているのがわかったけれど、トトもホーイチに挨拶を強要するようなことはなかった。

彼はどんな権力とも無関係に存在している。それでいいのだと、トトは思っている。

ティーランの黒い目はまばたきもせず強くホーイチを見つめ、

「いいわ」

と呟いた。硝子のような声を低くして。

「いいわね、これ。……欲しいわ」

周囲ももちろんぎょっとしたが、ホーイチでさえ、ちらりとティーランを見た。

ずい、とティーランはホーイチに歩み寄り、怖いものなどなにひとつない顔で言う。

「ねぇ、あたしのところにいらっしゃい？　欲しいものはなんでもあげるわ。強い魔術師が欲しければ何人でも。耳が欲しいって言うなら、あたしの耳、あげたっていいわ」

「ティーランさま……！」

周囲が諫め、ホーイチが一蹴のために唇を上げた、その時だった。

「駄目よ」

硬く冷たい声が上がった。トトのものだった。思わずティーランが驚き手を止めるほど、その声には意志があった。

これまでにない、強い拒絶の意志が。

「ホーイチから、離れて」

間に立ち塞がるようにトトが歩を進める。相手の地位も自分の立場も忘れて、トトは強くティーランを睨んだ。

「この子は、誰にもあげないわ」

あまりに強いその言葉に、ティーランはひどく面食らった顔で、トトを見返した。トトはそれ以上なにも言わなかった。罰を下すなら下せばいい。その覚悟で彼女は抵抗をしたのだ。

ティーランはしばらくトトを見つめ、そしてふっとため息をついた。

「……結構なことね」

羽のように軽く、一瞬の諦めのような表情は、全く少女らしくなかった。ともすれば、老婆のようでさえあった。

ふわりとドレスを翻して、黙ってティーランはバルコニーを去った。

慌てた取り巻きの貴婦人達があとを追い、トトとホーイチだけがそこに取り残される。

トトが息を吐きながら、ゆっくりと肩を下ろして、張りつめていた空気をゆるませると、ふわりと背後に浮いていたホーイチがトトの耳元に囁いた。

「いいのかい？」

ホーイチにしては珍しい、人の心の機微と、他者との関係性を気遣うような言葉だった。どこまでトトとティーランの立場をわかっているのかは不明だったが、その言葉にトトは「いいのよ」と息を逃しながら目を伏せた。

「構わないわ」

声は震えてはいなかった。自分でも驚くほどに硬く、排他的な響きがした。

目を逸らしたままで、けれど頑なな口調で続ける。

「貴方は誰のものにもならないのよ。わたくし以外の耳を喰っても。命を食べても。貴方は、わたくしが死ぬまで、わたくしのものよ」

ホーイチはそんなトトを間近にじっと見つめ、

「ボクは」

小さな呟きを途中で切って、肩をすくめた。

「……まあいいや」

話は終わり。欠伸《あくび》をひとつ、するりと影の中に消えてしまう。

続ける言葉は不要だと感じたのだろう。たとえば、自分が誰のものであるかなんて、今更二人には確認するのも馬鹿馬鹿しいことであったから。

不穏なお茶会は終わりを迎えたけれど、そのことに対しトトが咎めを受けるようなことはなかった。相も変わらずミセス・オールドの厳しい教育は続き、トトがはじめて晩《ばん》餐会《さんかい》に出向く夜がやって来た。

弦楽器の音が鳴っていた。それが一体どの種類の楽器であるのか、トトは寡聞にして知らなかった。幾千幾万の言語を聞き分けても。音楽はただ、それだけだ。

豪奢なシャンデリアは、外の宵闇とはあまりに違いすぎて、トトは目のくらむような思いがした。これでも一張羅とも言えるドレスを着てきたつもりだが、王族をはじめとした貴族の集うその広間では、自分のドレスの裏地までも比較されるような気がして、思わず身を縮めそうになる。ここで高価な流行《はや》りのドレスを身につけることは、安心を買うことなのだとトトにもわかった。

幾人かの人間に声をかけ、声をかけられ、ドレスを捌《さば》いて頭を下げた。けれども、「サルバドール」の名を聞いた人々が、言葉なく面食らうのが手にとるようにトトにはわかった。そしてトトの耳元を覆う布を見て、そそくさと去っていく。

同時にトトの聞こえすぎる耳には、様々な陰口も届いていた。

なにも変わらない、とトトは思う。

ため息さえも出なかったし、悔しささえ湧かなかった。静かな諦めが、彼女を支配していた。

結局自分はどこまで行っても落ちこぼれで、外交官などになれる器ではないのだ。そもそも、そうしてひとりで立つ意味がどこにある？

たとえばひとりの通訳として、道具のように扱われれば。

けれどそれも出来ないと思った。自分のこの能力を道具に使うことは、彼女の愛しき使い魔を、道具にすることだと思った。自分で選んだ望みではなく、ホーイチを、他人の道具にはさせたくなかった。

晩餐会の喧騒《けんそう》から逃げるように、月明かりの射《さ》すベランダに出ると、白い柵にもたれかかる先客があった。

闇に慣れない目には影のように思えたそれは、紅色の唇を震わせた。

「ごきげんよう？」

青い月の光を背に受けて、微笑んだのはティーランだった。取り巻きも連れずに、たったひとりベランダの柵にもたれていた。

黒い髪には白い真珠があしらわれている。黒い瞳の色は更に深く、唇は濡れたようだった。

「今日はまぁまぁ、かしら。比較的、ね。でもやっぱり、時代遅れ」

嘗《な》め回すようにトトを眺めて、その見目姿を指した言葉なのだろう。けれど以前のように、侮辱されたのだとは思わなかった。誉《ほ》めるにしても貶《けな》すにしても、投げやりな言い方だとトトは思った。

ティーランはこの国の末姫である。上に五人の兄を持っているが、そのどれもが義母兄だった。彼女の母親は現国王の第三夫人で、ティーラン以外の子を持つことが出来なかった。王位継承権の低い彼女だが、その愛らしい容貌と初対面から人の懐へと入り込む性格は王族の中でも評判が高かった。

「……なにを、していらっしゃるんですか」

歩み寄れないままにトトが尋ねると、くすりとティーランは笑った。

「晩餐会よ」

そう言いながら、手に持っていたグラスを逆さにする。中に入った薄紅の液体が、きらきらとベランダの石畳に落ちた。中の氷が光を反射しているのか、宝石のように強く印象に残った。雪の降ることのないガーダルシアの土地柄において、船舶によって異国から運ばれる氷は大変な高級品だ。

「落ちた星みたい」

伏し目がちにそんなことを呟いて、ティーランは空のグラスを傍らのテーブルに置いた。魔術の儀式のように美しいその仕草に、トトは目を細めた。

「お戻りにならないのですか？」

ドレスの開いた背に問いかける。

「だって、退屈だもの」

ティーランが振り返る。その顔にはやはり甘い笑みが浮かんでいる。熟した果実のように、かぐわしく甘い、そして苦みを含んだ笑みだった。

「貴方もそうなのでしょう？　トト」

「わたくし、は……」

トトは視線を逸らせる。心を見透かされるような不思議な悪寒に、汗が滲んだ。

「向いて、いないんです……」

風の音のように頼りなげな声だった。

対するティーランの声は透明で硬かった。

「じゃあ、やめたら」

その突き放した物言いに、トトが呆然とした顔をすると、ティーランは突然、はじけるように笑った。

軽快に笑って、目元の涙をぬぐって、笑い顔のままに言った。

「意気地なし」

明るい笑顔とは程遠い、深海を思わせる声だった。

「ねぇ、不愉快よ。出来ないと言って許されるなら許されればいい。そんなに甘く生きられるなら、生きればいいんだわ。でも、あたしの前からは消えてね」

ドレスを捌き、果実の香りを撒《ま》いて、トトの傍らを過ぎながらティーランは吐き捨てた。

「あんまりに不愉快で、殺してしまいたくなるから」

きらびやかな喧騒の中に戻っていくその背を、トトは振り返ることが出来なかった。

月の光は明るく青い。

奥歯を噛み、トトは滲みそうになる視界を必死に保った。あの、トトよりもまだ年下の、傲慢な少女が言った言葉は、あまりに的を射ていた。

落ちこぼれではなくなるのだとホーイチに言った、あの言葉は決して嘘ではなかったけれど。

あれほどの努力をしたのに、トトの心は未《ま》だ落ちこぼれのままだった。それを彼女は自分で一番よくわかっていた。

ここから逃げれば救われるだろうか。

願えば、叶うのか？

（あたしを、連れていって）

そう言えば、この国を出ることはたやすいのだろうか。けれど、トトがトトである限り、ここでなにも変わらないのならば、どこに行っても、きっと。

トトはまばゆい夜会に戻ることが出来ず、外に向けてふらりと足を踏み出した。頬をなでる風が冷たいことが、わずかな救いになるような気がした。

足下には、ティーランの散らした果実酒が広がっている。その様子をなんとはなしに眺めていたトトは、視線を止めた。

「——……？」

ドレスの裾が汚れないように、しゃがみこみ、手を伸ばす。星の欠片のようなきらめきはきっと、氷であろうと思っていたけれど。

冷たく、けれどトトの手の中で溶けることのないそれは、氷ではなく鋭利なガラス片だった。

どうして、とトトは呟く。

こんなものを飲み込めば、舌を切るどころの騒ぎではない。トトの背に怖気《おじけ》が走った。

誰が、なんのために、嵐のように巻き起こる疑問はけれど、トトの手に負えるものではなかった。

ティーランが自分で混入したとも思えなかったけれど、「星のよう」と言った彼女は、これに気づいていたのだろう。

呆然と、トトは夜会に目をやった。ティーランは夜会の中心で、彼女を取り巻くたくさんの大人達に笑顔を向けていた。虚無的なほど無邪気に、鮮やかに、あでやかに。

トトは自分の中に、失望や困惑よりももっと強い思いが湧きあがるのを感じた。

悲しさにも似た、悔しさや、あるいは喜びであったのかもしれない。

胸の中に火のついた思いだった。

(戦っている)

トトは思う。

彼女の不遜さも、空虚のような我がままも、全てがきっと、彼女の武器だ。

ガラス片の入ったグラスを渡される、そんな壮絶さなどトトは知らない。王族という地位も、末姫という立場もトトにはわからない。トトにはティーランのような、人を引き込む美貌も魅力もない。

けれど、彼女と同じものがある。

たったひとつ、彼女と同じ。

(わたくし達は)

女である、ということ。

滲む涙をぬぐって、トトは顔を上げる。

ホーイチの力は借りない。この耳さえも飾りでしかない。トトだけの戦争がここにはある。彼女がたったひとり、出来そこないでなくなるために。

この身ひとつで戦えるのならば。

（微笑《わら》え）

美しいドレスは強固な盾。

鮮やかな微笑みは鋭利な剣。

全ての害意を跳《は》ね除《の》け、万物を裂いて。

守るべきはただひとつ、価値もなければ形もない、誇りという、確かな己の証《あかし》だけだった。


それからのトトは俯くことをやめた。排他の意思も軽蔑も、当然のこと。それらを呑み込むように顔を上げて、美しく微笑んでみせた。

魔力でもなければ魅力でもない、そうしてみせる胆力は、人の心に、特に初対面である客人の心にさえ強く響いた。

ガーダルシアのサルバドール・トト。

その名前は、各国へと知れ渡るようになる。

強大な魔術組織であるサルバドールの徒であるという噂と、天地を喰らう魔物を従えた破戒者であるという噂とともに、もっとも人の心をつかんだのは、外交官としての希《け》有《う》な才能であった。

曰《いわ》く、その外交官はどんな国の言葉もたちどころに解する、奇跡のような耳を持っている。どのような国の言葉も、どのような国の秘密も、彼女の耳に解《げ》せないものはない。

いつの頃からか、人々は彼女を指してこう呼ぶようになった。

天国の耳《ヘヴンズ・イヤー》。

〈サルバドールの落ちこぼれ〉に与えられた、彼女の新しい二つ名だった。


ガーダルシアに訪れる、賓客の相手はトトの仕事であったから、小さな国にいながら世界中のどんな人物とも話すことが出来た。来客、ひいては客人の国と信頼関係を築くことが目標であり、その目標はいつも高水準で達成することが出来たが、友人と呼べるような関係になることはほとんどなかった。しかしそんな中でも、忘れられないような出会いもままにあった。

美しい金の髪をした、異国の騎士を迎えたこともある。祖国では〈聖騎士〉の冠を持つ青年は偶然にもトトとそう変わらない年で、優しげな目元で笑う男だった。仰々しい肩書きとともに、魔神のような強さだと聞いていたから、その落差に内心ひどく驚きながら微笑みかけた。

『――お会い出来て光栄ですわ』

彼の国の言葉で、トトが挨拶をする。

『ええ、こちらこそ。お噂に聞く天国の耳が、こんなにお若い方とは思わなかった』

トトはやわらかく会釈を返す。その仕草を、聖騎士は目を細めて見つめた。

その後もガーダルシアの国情について語るトトを、ぼんやりと見つめることの多い騎士に、トトがわずかに困惑気味に『――……なにか？』と尋ねた。

『え』

騎士は一瞬、虚を衝《つ》かれた、無防備な顔をした。

トトは微笑む。

『どうかなさいましたか？　わたくしに見惚《みほ》れて頂けたかしら』

茶目っ気を出してトトが聞くと、騎士の青年は明るく笑ったあとに『ええ』とうなずいてみせた。

『恥ずかしながら』

素直なうなずきに、反応を返すべきか流すべきかとトトが顔色を窺うと、騎士はトトの視線から逃れるように目元をやわらげて、『妻が』と呟いた。

『ええと……――婚礼を、終えたばかりなのです。その、奥方の口調にどこか似ていたもので、聞き惚れてしまった』

あまりに素直なその言葉に驚いたのはトトの方だった。じっと騎士の顔を見てしまうが、騎士はしきりに照れて謝るばかりだ。これが、戦場に出れば無類の強さを誇ると言われる聖騎士の姿であるのかと驚き、同時に胸にほのかな火のともるような気分になった。

『それではさぞ、おさびしいでしょうね』

『ええ。少し、難しい女性で――』

騎士は言いながら、遠くを見る目をした。

『いや、簡単な女性なんてこの世にはいないと思いますが、口説き落とすまでに、ずいぶんかかってしまいました』

『あら、惚気《のろけ》だわ』

わざと迷惑そうにトトが言うと、騎士は『見逃して下さい、離れていると辛《つら》いんです』とはにかむように笑った。

『奥様はどのような方なんですの？』

トトが聞くと、騎士は口元に指を置き、しばらく考えたあとに真顔で言った。

『綺麗な――強い、女性です』

『あら、聖騎士さまに強いと言われるなんて』

トトがやはり茶化すように言うが、聖騎士は薄く微笑み、『いや』と首を振った。

『僕は多分、彼女がいなければ、剣を振るうことも出来ません』

その一言の深い響きに、彼の深い愛情が忍ばれた。トトは言葉を失い、まぶしいものでも見るように騎士を見た。

幸せそうだと感嘆することは容易なことだ。けれどそれだけではないのだろうとトトは思う。ともにある痛みも苦しみも全てを内包して、それでもまだ、ともにあることを選ぶということ。

そんな覚えがあるかと自問すれば、否だなんて、トトに言えるわけがなかった。思い出すのは、いつだって、ひとりだけ。

考え込むトトに、騎士は笑った。

『こちらの特産物を教えて頂けませんか。出来れば女性の――……喜ぶような』

『ええ、もちろん』とトトは微笑みを返した。

誰に宛てた土産かなんて、野暮なことはもう、聞くまでもなかった。

他の港へ渡るためのごく短い、けれど印象的な聖騎士の滞在を見送ったトトは、王宮にて、木陰のベンチに隠れるように座っている後ろ姿を見咎めた。

「――ティーラン？」

半信半疑でトトが尋ねると、その影がくるりと振り返る。

「ごきげんよう？」

いつものように小悪魔めいた魅力的な笑みで、親しげにトトに言う。吸い込まれそうな黒曜石の瞳の奥は相も変わらず不可思議だ。

トトがその責務をこなしはじめ、天国の耳と呼ばれるようになってから、ティーランとの関係は少しずつ変わっていった。トトがティーランに対し、慇懃《いんぎん》に、うやうやしく接することは彼女を不愉快にさせるらしく、対等な会話を望んできた。それは気安さよりももっと、ティーランの強い自意識からくるもののようだった。

王女である彼女の周りはいつもきらびやかで、同時に嵐のようでもあった。巻き込まれるのはトトの仕事ではない。けれど放ってはおけず、遠巻きにも出来ない。

「……こんなところでなにをしているの？　大臣がずいぶん探していらっしゃったわ」

人目がある場所では自重しているトトだったが、こうして二人きりになる時には、その言葉は気安かった。

「聖騎士サマは帰ったの？」

トトの問いには答えず、いつものようにティーランは言いたいことだけを言う。トトは呆れたようにため息をついて答えた。

「ええ、もう、とっくに」

本来ならばティーランも客人の出迎えと見送りを命じられていたはずだった。きっとあざやかに逃げおおせたのであろう彼女に、呆れ半分感心半分だった。

ティーランは「ふぅん」と指先で自分の髪を遊び、「遠目なら見ておけばよかったかしら。どんな恐ろしい男だったのか」と呟いた。

その言葉にトトは思わず笑んで、ティーランの隣にゆっくりと腰を下ろす。その優雅な仕草をティーランは拒まなかった。

「貴方が思っているような方ではなかったわ。整ったお顔立ちの、とても優しい方よ」

トトの答えに、ティーランはしばらく黙し、「なら」と言葉を繋いだ。

「よけいに行かなくてよかった！」

短いため息とともに吐き出されたその言葉に、トトが眉を上げる。ティーランは頬杖をついて、「だって」と言った。

「相手の肩書きなら申し分ないじゃない。婚約話にでも発展させられたらたまったもんじゃないわ」

その言葉にトトは首を振る。

「そんなことは有り得ないわ。だって、あの方、奥様がいるとおっしゃっていたもの」

ティーランはふっと鼻で笑う。

「その婚礼だって、どんな政治の意図が絡んでいてもおかしくないわ。だとしたら、いつ反故になってもおかしくないということよ」

どうしても穿《うが》った見方をしようとするティーランに、トトはもう一度、ゆっくり大きく首を振る。

「愛の下に誰かを選ぶことだってあるわ。……彼は、確かにそうだった」

ティーランに教え諭そうとしたわけではなかった。ただ、トトの出会った相手の名誉のために、それだけは告げねばならないと思った。

ティーランはトトを横目で見て、「トトもそうして、愛の下に誰かを選ぶの?」と呟きに似た問いかけを発した。

思わぬ言葉にトトは思考を止めた。ティーランは椅子の背に体重を預けて、眠るように目を閉じ言う。

「知っているのなら教えてちょうだいな。ねぇトト、恋とはどんなものかしら?」

詩でも詠むようなその言葉に、トトは困惑する。

「さあ……わからないわね」

口をついて出た答えは、とても自然なものだった。そうだ自分はわからないのだと、改めてトトは気づく。

たったひとりを選んだことはあるけれど、それは恋ではないと、わかっていたから。この先自分が恋なんて出来るのだろうか。

ホーイチ以外の誰かを、特別に思うことが、トトには全く未知の領域だった。

そんなトトを、ティーランは笑いもしなければ批難もしなかった。羽のように軽い息を吐く彼女の周囲は、取り巻きを連れない時にほんの少しだけにおわせる、無防備で儚《はかな》い空気だった。

「ねぇトト。あたしの中身は空っぽなのよ」

それは、鈴蘭《すずらん》の調べのような、歌のような、もの悲しい言葉だった。

「美しいものも美味《おい》しいものも、あたしに手に入らないものはなんにもないの」

彼女の言葉は刹那的で投げやりだ。だからといって愚かしいとは、トトには思えなかった。

この姫君はきっとひとよりずっと利口なのだろう。愚鈍な意識しか持たないのであれば、ただ与えられる身分と扱いを享楽的に受け入れればいい。

彼女は、全てを与えられることの空《むな》しさをもう知っている。

「だから、あたしにはなんにもないんだわ」

その姿は、トトの目から見てもなお哀れだと、思わずにはいられなかった。

「欲しいものなんて、なにひとつないのよ」

そして蝶々《ちょうちょう》のように身を翻し、小さな囁きを置いていった。

「夜道にはお気をつけてね、天国の耳さま」

――もっとも貴方には、心配などする必要もないんでしょうけれど。

それから数日後、いつものように会食を終えて、トトは自分の部屋に戻るために王宮の裏庭を歩いていた。

月のない夜だった。

人気のない通りを抜けようとしたその時だった。

トトは足を止める。眼球だけをすべらせて、辺りを窺った。柱の陰に、ゆらりと動く影があった。

「……だあれ？」

緊張感のない声で、あくまでも平静を装って、トトは聞いた。その気配が人間であることは、トトはもうわかっていた。

息遣いの音がする。どれほど息をひそめても、彼女にはそれが聞こえる。

闇色をした人影が現れる。体格から男性だろうとトトは目星をつけた。それ以外はわからない。目元以外を隠しているからだ。

静かに、けれど確実に地を蹴る音。手の中に光るのは刃の鈍い光。

トトは言葉なく目を細めた。ラヴェンダーのきらめきが、闇の中で静かに揺れる。

嫌がらせ程度なら、夜会であれ茶会であれ、受けることは日常茶飯事だった。笑みの裏側に張り付く悪意にも慣れていたし、階段から突き落とされそうになったこともあった。

トトは名声を得た。そして自分を取り巻くものが賞賛だけではないということは、愚かなトトにも最初からわかっていたことだった。それでも、闇の中で、ほんの一瞬彼女は思った。

殺されるかもしれない。

不思議と、心のうちは静かだった。

殺されるわけが、ないでしょう？

相手の刃がトトに届く前に、カツン！　と己の踵《かかと》を石畳に打ちつけ、鳴らした。

それが合図だった。

吹き出す影はトトの足下のもの。次の瞬間には刃ははじかれる。

小細工としての魔術など使わず、身軽に小剣を蹴り上げるようなことは、宙に浮かぶ者にしか不可能である。

暗闇の中に水色の瞳と白い耳を浮かび上がらせて、ホーイチは笑った。

「ごきげんよう？」

トトの言葉の真似《まね》をして笑ってみせるが、その瞳は剣呑な光を宿している。

飛び退《との》いた男が舌打ちする音がした。

ホーイチの背後でトトが静かに尋ねる。

「出自を名乗りなさいな。挨拶もなしに刃を向けるなんて、どこの所属の方かしら」

一体何者の手によるものか、トトにはわからなかった。心当たりを考えてみれば、ありすぎたせいだと言ってもいい。

過日に聖騎士から受け取った、両国の友好の印である古き魔導書だろうか。古く某国の要人から別の国の要人へと言付かった、鉱脈のありかの場所だろうか。それとも、ガーダルシアが逃がした亡命中の王族の行方でも知りたいのか。

一流の外交官であるトトには、噂話から秘密裏な駆け引きの仲介まで、様々な情報が集まる。それは、貿易を要《かなめ》とするガーダルシアのあり方そのもののようだった。

「言葉はわかって？　なにか話して頂けたら、貴方の国の言葉で返して差し上げてよ」

煽《あお》るように、見下すようにトトは言った。けれど物騒な客人は口を開くことはせず、新しい刃を構える。

はっきりとした殺意がそこに見えた。それが、答えのようだった。

トトの傍らでくるりとホーイチが宙を舞った。

「さて、どうする？」

愉快さを声色に滲ませて、彼は尋ねる。戯れのように、トトの指示を仰いだ。

聞かずとも行動は決まっているだろうに、トトがなんと言うか面白がっているのだろう。

（ミス・ガーダルシア）

ミセス・オールドの声がする。自分の存在意義など、トトは考えたことがない。

ただ、腹の底に黒く重たいものがたまる気がした。流れ混じりあう金属のようなそれは、氷のように冷たく、炎のように熱かった。

暗殺者は息を詰め、腰を落としてこちらを窺っている。いつ次の攻撃に移るか計るように。

トトはその姿を、目を細めて見つめて。

「……いいわ。命じます。サルバドール・トトの名において。汝《なんじ》、使い魔ホーイチ」

そっと、目を伏せる。

憎しみよりも冷たい感情だった。

整えられた形の唇が、使い魔へと命を下賜するために動いた。

「やられる前にやりなさい」

そして彼女は静かに告げた。

「わたくしを守って」

――いいだろう。と、彼女の使い魔の、歓喜に溢《あふ》れた声がした。


どこかで遠く汽笛の音がしている。

トトがガーダルシアに生まれもう二十年以上の月日が経っていたが、未《いま》だに城下の街に詳しくはない。幼い頃は神殿に、神殿を出ても王宮に詰める日々を送っていたせいだろう。いくつかの書物を扱う店以外に、王宮から離れた地理に精通してはいなかった。

つばの大きな帽子をかぶり街を歩く。目的地のない散歩が気持ちを上向きにしてくれるということ。懐疑的ではあったが、誰も見知った人間がいないというのは思ったより大きかった。

すれ違う人々はトトがサルバドールであることも、外交官であることも知らない。それがこれほど息のしやすいことだというのを、トトはずいぶん長い間忘れていた。数少ない自由な休暇に、こうして外に出ること。それをすすめたのは、相変わらず不思議とよく話す、末姫のティーランだった。

決して夜会で笑顔を崩すことはなくとも、その背に消えがたく降り積もる社交の日々の疲労を感じ取ったせいかもしれない。確かにトトは疲れていた。身体ではなく、精神が。

ここしばらく悪夢ばかり見るのは、いつものように、ホーイチとともに眠れないせいだろうか。

魔力によって強制的に与えられる睡眠が続いていた。

目が覚める時にはいつも、薄い血のにおいを感じる。

そのことをホーイチに問い詰めたことはない。別の誰かに相談したことさえない。ホーイチ以外に、ホーイチ以上に信頼し、相談出来る相手がいるわけもない。

浅いため息をつきながら、足は自然人の集まる場所に、海へと続く市場へと向かっていた。

ガーダルシアの市場は活気があり、異国の品物が所狭しと並んでいる。それらを見ているだけで、心が躍るのがわかった。

たしなみのひとつとして必死にダンスのステップを覚えた以外に、好んで外を出歩く方でもなかったから、よけいに外の空気は新鮮に感じられた。どうしてもっと早くに出てみなかったのだろうと思うほどだ。

港から望む海は広かった。ガーダルシアの海は泳ぎに不向きであるから、トトはあまり海で泳いだ記憶はない。広すぎる海原は、清々《すがすが》しさと一抹の恐ろしさを感じさせる。

海の向こうから来た、様々な客人をトトは出迎えた。この先に広がる世界があるのは自明の理だが、実感は湧かない。そしてトトは海に背を向け、ガーダルシアの港を眺めた。トトの国。今は多分、彼女の守るもの。

誰にも負けないのだと思うことは、トトをいつも奮い立たせ、勇気づけた。けれど、自分を守ることがすなわちこの国を守るのだという、その感慨が時折トトを困惑させる。

ホーイチの力を使い、この国を守って。

そんなことをしてなんになるだろう。異国の聖騎士は剣を振るうだけの理由を持っているようだった。だとすれば、この国が一体、自分達になにをしてくれたのか。

所詮答えの出ない問題だった。トトはため息をつき、海に背を向けて歩みを進める。

旅人も多い雑多な場所では、トトの上等な上着も不思議と溶け込んでしまうようだった。

様々な店に声をかけられながら、冷やかしだけを続けていたトトは、市場の隅に張りかけの大振りなテントに目を留《と》め、芸人かなにかだろうかと興味を引かれた。

近寄っていく。けれど、それらしき人間はいない。

もう少し奥まで、布の後ろをのぞいたトトは、突然そこから飛び出してきた小さな影に驚いた。

飛び出してきたのは少女だった。

一瞬で、少女の肌の色に目を奪われた。ガーダルシアに多く住む人々のものとは違っていたから。その色はこの国には決してない、けれどトトには馴染み深い――。

と、また布の背後から今度は男が飛び出してきた。禿頭《とくとう》の目立つ男だった。わめく言葉は異国のもので、男の肌もまた逃げた少女と同じそれ。

トトは耳を澄ませ、意識を集中する。彼らの言語を捉えるために。

やがて男は褐色の肌を持つ少女の髪をつかみ、無理矢理に地面に座らせた。

『逃げられると思ったか!!』と男は一声叫び、拳で少女の頬を殴る。

「!」

トトがその光景に目を奪われ、凍り付いていると、トトの背後から、やはり異国の言葉で低い怒鳴り声がした。

『おい！　取引は明日だぞ！　商品に傷をつけるなよ!!』

その言葉に、トトの息が止まった。

（奴隷商――!?）

有り得ない、とトトは思った。正確には、有り得てはいけないはずだった。ガーダルシアの奴隷制は、百年も前に廃止されたはずだった。もしも、この国で未だ奴隷の取引をするのならば、その者達は犯罪者として国外への追放が命じられるはずだ――。

ホーイチの名を呼ぼうとして、トトは躊躇いに口を閉じる。

（出るかい）

トクン、という心臓の音とともに、影の中からホーイチが問いかける。

「いいえ」

トトは小さな声で首を振った。

「待って」

トトが躊躇ったのは相手の悪さだった。相手が奴隷商だとすれば単独だとは限らない。たとえ暴漢が何人集まったところでホーイチの敵ではないだろうが、市場は人口の密集した場所だった。もしも彼が全力で暴れれば、周囲にどんな被害が及ぶかわからない。加えてトトの素性があっという間にばれてしまうだろう。ここで騒ぎを起こすことが得策だとは思えなかった。

城下での散歩をすすめた、ティーランにも迷惑をかけるわけにはいかない。

トトの視線の先で少女がもがき、禿頭の男はまた少女を罵倒しながらその髪を強くつかんだ。とにかくその行為をやめさせねばならない。大丈夫だ。交渉ならばトトのお家芸のはずだった。ホーイチを呼ぶのはまだあとでいいとトトが一歩足を踏み出したその時だった。

ふらりと人混みから抜け出した影が、禿頭の男の手をつかんだ。

深い緑の髪に異国の服を着た男性だった。一瞬青年かと思ったが、そのシルエットはわずかに未発達なアンバランスさを醸していて、青年と呼ぶには若すぎるのではないかと思った。

実際、禿頭の男の隣に立つと、上背こそ競っていたが、体格はわずかに華奢だ。

『なんだ、このガキ！』

男もまた、そんな意味の言葉を吐いた。

不穏な空気を感じてトトは慌てて近くに寄ろうとする。旅人らしき男は、

「言葉はわからないのだが」

と小さく呟くと、淡々とした声で続けた。

「どんな理由があれ、女子供に手を上げるのは漢のすることではない」

言われた男は言葉のわからないなりに、自分が批難されたことはわかったらしい。

『引っ込んでろ！』

その大きな拳が今度は、旅人に向かい突き出される。トトは思わず叫びを上げそうになって息を吸った。

「——！」

けれどその拳は旅人に当たることはなかった。旅人は肩を動かすことはなく、すっと手のひらを持ち上げ顔の前を移動させるだけで、男の拳の軌道を逸らした。

勢いづいた男はつぶれた蛙《かえる》のような声を上げて地面に伏せる。

「大丈夫か」

旅人は殴りかかってきた男には目もくれず、座り込んでいた少女に声をかけた。少女は必死に助けを求めるが、旅人はやはり彼女の異国語に困惑するだけだった。

起きあがった男が蛸《たこ》のように顔を赤くしてまた旅人に拳を振り上げる。

「駄目……！」

トトが声を上げる、その声に反応したわけでもあるまいに、旅人はくるりと振り返ると、今度はその拳をつかんだ。

「決闘ならば、しかるべき場所で受ける」

場違いな言葉をつとめて真剣な声で言う。拳をつかんだ手のひらに力を込めたようだった。男が苦痛にうめき声を上げた。

『離せ、はな……！』

その声に、旅人の武人は意味はわからないなりに手の力を抜いた。男はもとより黒い肌をよりどす黒くして旅人に噛みつかんばかりだ。その足下では少女が泣いている。

これでは埒《らち》があかないとトトが二人の間に入った。

『なんだ！』

旅人に背を向け、奴隷商に向き直ったトトは、『これはなあに、路上で商売をなさっているの？』と流暢《りゅうちょう》な異国の言葉で語りかけた。

奴隷商は突然の聞き慣れた言葉に虚を衝かれた顔をしながら、トトの身なりのよい服装を上から下まで眺めて、『いや……』と低い声で首を振った。

『競りは明日だ』

トトは確信した。奴隷商に間違いない。

『そう……』

そしてちらりとトトは足下で泣く少女を見て、腹を決める。

『買うわ』

『は？』

『この子、商品なのでしょう？　買わせて頂くと言ったのよ。言い値でいいわ』

男もこの展開は予想してなかったのだろう。男は目に見えて困惑した。

『し、しかし言い値っつってもこいつは明日の競りに……』

渋る男に、トトは自分のブローチを外して奴隷商に放った。決して上品な仕草ではなかったが、男と触れあう生理的な嫌悪の方がまさったのだった。

『それで足りなくて？』

男は自分に投げられたブローチをまじまじと見つめて、その価値に目を剥いたようだ。急に薄ら笑いを浮かべて頭を下げると、トトの気が変わらないうちにというようにテントへ戻っていく。

まずトトは泣いている少女に優しい言葉をかけ、立ち上がらせると、旅人の方に向き直った。

一瞬、挨拶を忘れてしまったのは、相手の顔をはじめて真っ直ぐに見たせいだった。相手は確かに、未だ少年と言ってもいいような年頃であった。ちょうど、トトが神殿を卒業したぐらいだろうか。トトと同じくらいの上背であったが、これからまだまだ伸びそうだった。硬い緑の髪は肩につくほどで、意志の強い顔をしていた。

それよりもなによりも、トトの目を引いたのはその少年の顔面、鼻の上に横一文字に走った大きな傷跡だった。昨日今日のものではないだろう。ぱっくりと裂けたような跡は、そこだけ肌の色が違っていた。

胸板の厚い身体で、一目で商いを生業としていないことがわかる。

まじまじとトトが見つめると、少年は居心地の悪そうに顔を逸らした。こういったプレッシャーに慣れていないのか、首元がわずかに赤い。

「では……これで……」

これ以上言葉は通じないと思ったのだろう。

はっとトトが我に返り、「お待ちになって」と声をかける。突然かけられた馴染み深い言葉に、少年は逆に面食らったようだった。

「ええ、わたくしはこちらの者よ。驚かせてごめんなさい」

安心させるようにトトが微笑む。笑いかけられると武人の少年はまた戸惑うように目を逸らした。

「手の方は平気？」

少年が痛手を受けたとは思えなかったが、大事をとってトトがその手に触れようとすると、少年は驚いたようにぱっと手を引いた。

「あ、いや」

見ればその顔は真っ赤になっている。

「大丈夫だ！」

トトは思わず吹き出した。

こんな風に笑みをもらすのはどのくらいぶりだろうと思うほど自然に笑い、言う。

「さっきはあんなに威勢がよかったのに」

笑われた少年はよけいに顔を赤くしながら、言葉を返せずにいる。

トトはやはり微笑みながら、自分の服をすがるように持った少女の頭をなでた。

そんな二人を少年は目を細めて見つめ、「その子は……貴方の、子か？」と尋ねた。

トトはゆっくりとした仕草で「いいえ」と首を振った。

「売られるところだったようね」

「売られ……？」

少年は絶句したようだ。責任感の強そうなその面立ちに、みるみる浮かぶのは怒りの色。すぐにきびすを返そうとする。

「駄目よ」

その腕を慌ててトトが引く。

振り返った少年が口を開く前にトトは自分の言葉を滑り込ませた。

「貴方ひとりが行っても駄目。この国には奴隷商を取り締まる法があるわ。わたくしが城へと報《しら》せます。明日競りがはじまった時に、一気に叩かなければ、根絶やしには出来ない」

はっきりとした意志を示す言葉に、旅の少年は目を細める仕草をした。

「貴方は……？」

いぶかしげに問われてトトははっとしたように手を離す。

流暢な異国語と、やっかいごとに慣れた空気を不自然に思ったのかもしれない。トトは一瞬視線を泳がせ、「わたくしは……」と言葉を濁した。相手は見知らぬ旅人だ。ここで自らの立場を明らかにする必要はないと、自分に言い聞かせる。

「わたくしは、この国の学校で語学の教師をしているの。城には……知り合いがいるわ」

外交を続けるうちに、嘘をつくのにも慣れてしまった。トトの言葉はあまりに自然に彼女の口から出た。

「ああ、先生か」

少年が感心したようにうなずいた。納得してくれたらしい。

「どうりで、言葉が美しい」

話しかけられただけで赤くなる少年の賞賛はあまりに素直で、トトは柄にもなく照れてしまいそうになる。

「お誉めに与《あず》かり光栄だわ。……貴方は？」

相手のことを尋ねたのはただの礼儀にすぎなかった。けれど姿勢を正し真っ直ぐにトトを見て、彼は名乗った。

「俺はゼクン＝K＝ジタリー。一流の武人になるため武者修行をしている」

その言葉にトトはやっぱりきょとんと目を見開いて。

そして思わず笑ってしまった。


それがゼクンとの出会いだった。

トトは奴隷商のことをティーランとミセス・オールドに注進し、翌日その奴隷商と買い手を一気に捕まえることが出来た。また、その報せをゼクンに伝えることもした。交流はそこからはじまったのだった。

それからトトは時間を見つけて城下に降りることが多くなった。ゼクンは外交官としてのトトを全く知らない。サルバドールとしての因縁も。素直に教師だという言葉を信じ込み、「先生」と呼んでいる。その呼ばれ方はくすぐったかったが、ゼクンと交わす言葉はいらぬ駆け引きなどない、安らかなものだった。

これから海を越えるのだというゼクンに、言葉を教えることを提案したのもトトの方だった。ほんのしばらく、不思議な縁を繋いだ、それだけのつもりだった。

武人だという彼の話を多く聞いた。彼の言葉はトトの慣れ親しんだものだったが、独特な訛《なまり》も感じていた。ゼクンは魔術のまの字も知らなかったが、代わりに気功という技術を持っていた。遠く東国から来た師から習ったというその力は、魔術とも精霊術とも違う、その身の内に働きかける力だった。

彼がひとり力を追い求める旅を続ける理由もまた、トトは断片的ながら耳にする。

傷の跡は顔の大きなものだけではなく、全身に及んでいた。その傷を負った時、彼は最愛の人を失ったのだという。

母という、たったひとりの家族を。

だから彼が求めたのは誰かを守るための力だった。そのための拳と、そのための身体だった。

それらの言葉を、目を細めてトトは聞いた。

理屈ではなく目の前の、青年と少年の中間にある男に惹かれる気持ちを否定はしないが、絶対に想《おも》うことなどないとトトは確信していた。

彼の目が、トトを見つめる時にひどくやわらぐことは知っていたけれど。

もう自分は誰の母にもならないと心に決めていた。重ねるように、誰かの母の代わりなどまっぴらだともトトは思った。その頑なな反発は、逆の心もまた秘めてこそいたが、彼女はわざと、自分の気持ちに気づかないふりをした。

外交の話はしない。魔術のことも。

ただ彼女はひとりの息子がいるのだとゼクンに言った。

「手のかかる子なの。乱暴者で、恐れを知らなくて、気まぐれで、退屈が嫌いで——

「……」

それでも、とトトは言う。

「いい子なの。……本当は、とても、とても優しい子なのよ」

自分の言葉に泣きそうになりながら、胸から溢れる言葉をただ素直にトトは言う。

そんなトトの扱いに迷うように、ゼクンは伸ばしかけた手を下ろして、深く深く、うなずくのだ。

「…………先生の子なら、きっとそうだ」

決して触れあうことのない関係だった。

所詮行きずりのことだと、トトは思っていた。彼はそのうちにこの国を出て、そしてトトのことを忘れるだろう。ミス・サルバドールもミス・ガーダルシアも、天国の耳も知らぬままに、ただトトというひとりの語学教師のことを思い出とし、そしていつか忘れるのだろう。

それでいいと、トトは思っていた。

ゼクンのことについてトトの周りは誰も知らない。

ただひとり、ホーイチだけが、不機嫌な顔でこう言っていた。

「ボクは、アイツが嫌いだ」

闇の中に、低い悲鳴が上がった。

氷の刃が、黒ずくめの男を切り裂く。

傍に倒れたトトは、気を失っているようだった。目を覚ますこともなかった。

暗い自室の扉を開いた瞬間だった。軽い電撃のショック。そして闇に紛れて拐《かどわ》かそうとしたのか。不用意に鍵の開いていた扉を開けたトトは迂闊《うかつ》だとホーイチは思うけれど、だからといって彼がこの闖入者《ちんにゅうしゃ》を容赦してやる理由などなかった。

悪意のある者がトトを襲う度に、ホーイチは相手を返り討ちにしてきた。最初は肉弾戦をしかけてくる暴漢ばかりだったが、ここしばらくは特に魔術師が増えてきていた。そして今日の刺客。その魔術構成を見たホーイチは、なによりも不愉快げに顔を歪めた。

相手の髪をつかんで、乱暴に魔力と生命力を吸い取る。指ひとつ動かすことは出来ないように。

「アベル、ダイン……」

掠れた声でうめくから、ひどく気分が高揚した。唇の端を曲げ、言い放つ。

「そうさ。ボクが、ガーダルシアの人喰いだ」

男の顔が恐怖に歪む。

それでいいとホーイチは思った。それでいい。それがいい。たまには、それもいい。口づけでもするように顔を近づけ、にやりと笑い、愛を囁くように言葉をかける。

「アンタなんて、跡形もいらないよ」

人の血肉をこうして直《じか》に喰らうのはどのくらいぶりだろう。

「やめ、ろ……」

手始めに腕を一本もぎ取った。魔術師の男は声にならない悲鳴を上げる。血が噴き出し、顔にかかった。

自分の手の中にある、血にまみれた男の腕。それを、ホーイチは虚《うつ》ろな瞳で見つめた。

やわらかくもなく、節くれ立った腕だった。

似ていない。別のもの。けれど同じ形。

(いつも、ボクを、抱く)

やわらかな………。

ホーイチは顔を上げ、男を見た。

男はもぎ取られた腕の傷跡を、最後に残った魔力の欠片で焼きつけた。

まだ、そこまでやるのかとホーイチは思う。

魔物である彼が不可解に思うほど、時に人間は、貪欲なまでに生きる意志を見せる。

「行ってしまえよ」

自然と、そう呟いていた。

男は解せない顔をしたが、最後の力を振り絞り闇の中に消えていった。そしてその影を、ホーイチは追おうとは思わなかった。

多分、彼はもう。

魔術は使えまい。

自分の手元に残った腕を、ホーイチは消し炭も残さぬまでに焼き尽くす。

ぴっと、指先で、頬にかかった血をぬぐった。

「ボクは人喰いだ」

誰に聞かせるわけでもなく、ホーイチは呟く。

「ガーダルシアの、伝説の、人喰いの魔物だ」

絞り出すような声だった。

それは変えようのない事実。変えられるはずもないことだった。

男を逃がしたのも気まぐれであるはずだった。単に興が乗らなかっただけだ。……魔力は十分にあるし、今は飢えてもいないから。

そんな風に自分に言い訳をする。

殺してもよかったんだ。

喰らい尽くしても、よかったんだ。

「……ママ……」

トトを抱きかかえ、ベッドに寝かせ、ホーイチはその手をとる。

安らかに眠るトトの傍ら、枕の白いカバーに、いくつかの透明な染みが落ちた。

(ねぇ、ママ)

人間の身体はどうしてこんなに不便なのだろう。

これはきっと壊れ物なのだとホーイチは思う。ずいぶん長い間使っているから、壊れてしまったんだ。そうでなければおかしいじゃないか。

……どうしてわけもないのに、涙が落ちるのだろう。

ホーイチは思う。

空を飛べない鳥は死ぬべきだ。

水を泳げない魚もまた。

じゃあ。

人を喰えない、人喰いは——……?

その答えを、ホーイチはまだ、胸に持たない。

「先生」

揺らぎかけた肩をゼクンがつかんだ。

彼が一時身を寄せる宿から、外に出ようとした時だった。退去の意を伝えるために礼をした、その顎を上げた瞬間のこと。

「大丈夫か」

そう問われるまで、トトは一瞬の前後不覚に陥っていた。

ひどい眩暈《めまい》に襲われ、自分の身体が傾いだことにも気づかなかった。

「顔色も悪い。体調が悪いんじゃないか」

「平気……へいき、よ」

「平気な人間はそんな顔をしていない」

生真面目な言い方に思わずトトは笑ってしまった。けれどゼクンは笑わない。いつもはふざけてのぞき込んでも耳まで赤くして顔を逸らすほどの赤面症であるのに、こうしてトトを気遣う時は、真っ直ぐすぎるほどにその目を見てくる。

「家まで送ろう」

辺りはまだ明るかった。いつものように、しばらく語学を教えて、帰路につこうとしているところだったのだ。

「いらないわ」

トトが首を振る。

「では、ついていく」

ゼクンは頑なだった。

トトは困り顔でため息をつき、「じゃあ。広場の噴水まで。そこからわたくしの家はすぐだから」と妥協案を出した。彼女の家は王宮の敷地内《しきち》であったから、家というのは、正確ではなかったけれど。

ゼクンはひどく釈然としない顔で、それでも「わかった」と言う。

「ここしばらく気候の変化があったから。そのせいよ」

と、トトは誤魔化すように、励ますように言った。嘘ばかり上手《うま》くなると、心の隅で自分を嘲笑《あざわら》いながら。

ゼクンはそれには答えず、奥歯で砂を噛みしめているような、ひどい渋面でトトを見た。

夕暮れに沈黙が降りる。それをトトは不快だとは思わなかったが、こうして物寂しい時間を歩いていると、遠からず来るであろう別れの影がどこからともなくやってくるようだった。

「いつ、ここを発《た》つの」

数歩、ゼクンの先を歩きながらトトは言う。一度ゼクンについて歩いたら、同じような背丈の同じようなコンパスであるにもかかわらず、小走りでないと追いつけなくて息が上がってしまったためだった。それから、ゼクンはいつもトトの斜め後ろについている。

「いや……まだ……」

未定だとゼクンは言う。そうして、続ける言葉を決めかねているように喉の奥で唸った。

「なあに？」

トトが笑いながら振り返る。晩餐の席で見せるような、洗練された美しい笑みでは決してなかった。無邪気な、まるで少女のような笑みだった。自分がそんな表情をしていることに、トトは気づいてはいない。

その笑みを、まぶしいものでも見るかのようにゼクンは見つめて、「……先生」となにかを決めた声を上げた。

その時だった。

「！」

突然ゼクンが前を行くトトの腕をつかみ、自分の元へ力任せに引き寄せた。

「っ⁉」

倒れそうになるそのままに、ゼクンの片腕に力を預けると、ゼクンは身体をくるりと反転させた。

トトを抱き込むように。

「――ッ」

ザアッと雑音のような響き。重圧。それとともに布の裂けるような音がした。目の前に広がるのは不吉な赤。

「………ゼクン!!」

トトが叫ぶ。突然トトの元に降りかかったのはいくつもの氷の刃だった。

(こんな、ところまで……!)

トトは戦慄した。どこから狙っている? 何人が。

間違いなく、これは、害意を持ったトトへの攻撃だった。服の肩が裂けたゼクンに、トトは「逃げて!」と叫ぶが、彼は顔色ひとつ変えなかった。自分の肩に滲む血などなんの問題もないといった風情で、トトに背を向け、立ちふさがる。

いけない、とトトが止めようとするが、彼はその場から動くことはなかった。

ただ、言葉少なに、トトを振り返らずに一言、言った。

「――守る」

トトはまるで糸でも切れたかのように、地に沈む。自分の耳元に拳をあて、涙を浮かべ、首を振った。

(駄目だ)

駄目だと自分に言い聞かせる。

(逃げて)

けれど声が出なかった。心臓が壊れそうに速かった。こんなことで、揺らいでしまう自分がいやだった。

(守るだなんて)

地面に手をつき、爪を立て、砂を握る。自分自身の弱さが恨めしかった。

——今更まだ、そんな言葉に、揺れる心なんて。

その時トトの視界に、トトを狙って放たれた氷の刃が見えた。魔術で作り上げられたその刃は、液状となることはなく、すぐに気体と化す。ただ、魔法陣の記された紙札を残して。その呪札を見たトトは、こぼれそうな涙を凍らせた。

(まさか)

目を見開き、息を呑み、そして。

修羅の如き形相に。

氷の刃の次は、火球だった。襲いかかる、それらを受け止めんとするかのように、ゼクンが手のひらに気をためる。

しかし、トトはもう躊躇わなかった。

「──ホーイチ……!!」

鋭く、叫ぶ、その名。

反応は一瞬。弾丸のように飛び出す影、横一線の腕の動きだけで、火球の前に防壁を築いたホーイチは、

「──雑魚どもが」

そう毒づき、自分の親指の腹を唇にあて、噛みきる。糸のように血が舞い、空中に陣を描く。

彼でさえ滅多に行うことのない、高位の魔術であった。

召喚の呪文は魔物の言葉。人の耳には届かないその言語が呼び覚ますのは、闇の獣。

漆黒の毛並みの魔獣が現れる。豹《ひょう》に似た、しかし双頭の獣であった。

「追え」

ホーイチが命ずると、魔獣は天を蹴って街の屋根から屋根へと消えていく。

「何者……だ……」

掠れた声を上げたのはゼクンだった。くるりと彼を振り返ったホーイチは、空中からゼクンを見下し、

「不様だね」

そう言い捨てた。

「お前は何者だ！」

ゼクンは未だ緊張を解かず、ホーイチに噛みつく。ホーイチはさらりとそれを躱《かわ》すと、その横をすり抜けながら、「ボクはヘヴンズの使い魔さ。不様な傷の男」と囁いた。

「ヘヴンズ」

それ以上はもう、ホーイチはトトだけを見ていた。

「ホーイチ……」

トトが地面に座り込んだまま、ゆっくりと手を伸ばす。

その手をとって、ホーイチは「どうしたの」とトトに聞いた。

トトはひどく青ざめた顔をしている。けれどそれは、白昼で襲われた恐怖よりももっと、暗く、失意の顔だった。

「ホーイチ、答えて」

トトは立ち上がり、ホーイチに尋ねる。声が震え、言葉がくぐもった。けれど低く、はっきりと彼女は言った。

「今、わたくしを、襲ったのは。――サルバドールの、魔術師ね……？」

ホーイチはほんのわずかな沈黙のあと、ゆっくりと静かに答えた。

「………ああ、そうだね」

トトの足下に散らばる呪札の術式は、サルバドール独自のものだった。幼少の頃から神殿で魔術教育を受けていたトトには、はっきりとわかった。

「…………」

トトは首を振り、何事かを追って聞こうとした。誰が、何度、どうして。けれどそのどれも、ホーイチに尋ねても仕方のないことだと、切り捨てる。

「トト先生……」

ゼクンが不可解な顔でトトと、突然現れた黒い肌の少年を見た。

その肩は、裂けてこそいたがもう血が止まりかけていた。出来ることならば処置をしてやりたかったが、そんなわけにもいかない。

「ごめんなさいね」

トトは感謝よりもそう言って、ぽつりとひとつ、謝った。

「なにがだ」

ゼクンが苛立つように問い返す。

トトはゼクンから目を逸らし、そうしてホーイチの手をとった。

「……貴方には、嘘ばかり、ついたわ」

だから守られる資格など、自分にはないのだとトトは思う。

守られる必要もまた、自分にはないと、握った手のひらに力を込めて。

「さようなら」

「――トト先生!!」

ゼクンが叫ぶ、けれどトトはもう振り返らない。

「…………神殿へ。お願い、ホーイチ」

そうして二人は、旋風に乗るように姿を消す。

ひとり残されたゼクンは拳を固め、傍らの壁に拳を打った。

全ての苛立ちを込めるように。


ドアを開く音は、はじけるように乱暴なものだった。

かつて住み慣れた、馴染み深い、けれどもう過去の思い出として触れないでいた場所だった。

「お久しぶりですわ、……お父様、お母様」

美しき淑女の礼を受け取ったのは、突然の来訪に動きを止めたトトの父母だった。

「トト……どうしたんだ、一体……」

もはや一線から退いた父親が立ち上がり、一歩歩み寄る。母親は、流し場で立ち尽くしたまま、動けないでいた。指折り数えられるほどの年月、ろくに言葉を交わしていなかった両親は、想像をしていたよりもずっと老け込んでいるようだった。

「お尋ねしたいことがあります」

トトはまるで対外交渉でもはじめるかのように明瞭に言葉を発した。けれどその顔にいつもの微笑みはない。血の気の引いた表情は、礼節を保っていなければ今にも取り乱しそうだった。

「なんだい、さあ、こっちに座って……」

ぎこちなく椅子をすすめる父の言葉を無視し、トトは鋭く言葉を告げる。

「教えて下さい。……サルバドールは、わたくしの排斥を決めたのですか」

トトの父親であるサルバドール・ジオルはその言葉に息を呑み、顔色を変えた。ガタン、と動いたのはトトの母親であるアリだった。真っ青な顔で身を乗り出したアリは、

「もうやめなさい、トト！」と叫んだ。

乾いた、金属のような叫び声で。

「あの悪魔を、手放しなさいッ!!　あんなものがいるから、貴方は、貴方は……！」

「アリ……！」

厳しい声でジオルがたしなめるが、時はすでに遅く、トトの瞳は真冬の海よりも冷え切っていた。

「悪魔？　……なにをおっしゃっているのかしら、お母様」

低く、断罪の声色で言うと、母であるアリは取り乱しながら途方にくれた顔をした。父はその肩を抱き、両方をなだめるようにゆっくりと言葉を吐いた。

「待ってくれ。落ち着くんだ。……トト、お前の排斥が決まったという報せは、私達の下には来ていない。どうして今更そんなことを……」

「今更？　ええそうね、今更。だからわたくしもお尋ねしたいのよ」

トトは早口でまくしたてる。

「ここ数週間で馬鹿馬鹿しいほど魔術師に襲われる機会が増えたわ。そしてその半数の魔術師が——サルバドールの術式を使ったと、わたくしの使い魔が証言したのよ」

トトの言葉に、ジオルがまた喉元を鳴らした。

信じられないのかもしれない。トトこそが、信じられなかった。

誰かが裏で糸を引いている？　否、だとしても——。

トトを襲ったのは、サルバドールの魔術師達だということだ。

彼女を育て、そしてサルバドールとして生きることを強要した、この一族。家族とも言える人々が、トトを襲っているという事実。

なぜだろう、ともに机を並べた彼らが仲間であったことなど一度もないというのに。

——今更、裏切られたと、思うだなんて。

母親は顔を覆い、父親はしばし黙した。トトは彼を睨みつけながら、そのどんな変化さえも見逃すものかと思った。

嘘などつかれてたまるものか。

ジオルはそして、しばらくの逡巡のあとに躊躇いがちに言葉を繋いだ。

「お前の……排斥はない。ただ……」

「ただ？」

ジオルの口は重かった。口にすることさえも背徳であるかのように。

「……お前の名が、次期尊師候補として挙がったそうだ」

思いも寄らぬ言葉に、トトの顔が思わず呆《ほう》けた。

ほとんど表舞台に姿を現さなくなった現在の尊師が、遠からず代替わりを迎えるであろうことはトトにもわかっていたが、まさかそこに自分の名前が挙がっているなんて。

「なぜ？」

口をついて出たその問いかけに、ジオルは真っ直ぐ答える。

「お前より強い使い魔を従えたものはいないからだ。今のサルバドールだけではない。このサルバドールの魔術史を顧みても、だ」

トトが息を呑む。

ジオルは静かに続けた。

「トトよ。お前は外交官となり、素晴らしい働きをしている。あの強き使い魔の力を完全に自分のものとしたと言ってもいい。使い魔の力は……魔術師の、力だ」

「じゃあ……」

自分の尊師就任を避けるためなのかとトトは思う。けれどそれも、どこか納得しがたかった。

ジオルはトトから目を逸らし、「私達は、その話を断った。お前はきっとそんな地位を望まないだろうと。だから――」

次の瞬間、叫んだのはアリだった。

「あんな悪魔、誰にでもくれてやりなさいっ!!」

その言葉にトトは確信をした。そうだ、それはつまり。

ホーイチを手に入れれば、尊師になれるということなのだ。

トトを殺せば、契約は切れ、ホーイチは自由になる――。

「……いやよ……」

しかしそれは、自分が狙われていることよりもなによりも、トトの逆鱗《げきりん》に触れた。

「あの子はあげないわ!!」

金切り声の叫びとともに、自分の耳元を両手で押さえトトは叫んだ。

「あの子は誰にもあげない、あの子はわたくしのものよ!!」

ヒステリックなその叫びに、ジオルはアリの肩を抱く力を強くし、そして沈痛な面持ちでトトに言った。

「ああ……あの使い魔は、トト、お前の、ものだ……」

長い長い年月だった。父よりも母よりも近く、家族としてともに生きていた。だから、その事実を、疑うものは誰もいないだろう。その上で、ジオルは言った。

「だが、お前には……荷が重すぎる。それもまた、事実だ」

トトはその言葉に強く奥歯を噛んだ。

分不相応。

かつて何度も投げられたその言葉。平気だとトトは思う。平気だ。だって。

「……それでも、あの子は、わたくしの子です」

荷が重いからなんだというのだ。見合わないからなんだというのだ。

トトがホーイチを選び、ホーイチがトトを選んだ。

それだけでは駄目なのか。駄目なはずがない。

そう思ってきた。

けれどジオルは静かに首を振った。

「今はいい。お前達は魔術ではなく信頼関係で結ばれているかもしれない。けれど、トト。お前は大切なことを忘れている。……お前は、人間だ」

耳を塞いでしまえたらどんなにいいだろうとトトは思う。この時だけは、彼女は聞こえすぎる自分の耳を恨んだ。

出来ることならこの耳の穴をつぶして。そうまでしても、その先を、聞きたくは、なかった。

「人はいつか死ぬ。お前は、あの人喰いをこの世に残して。主人を、——母親を、失ったあの魔物について、考えたことは一度でもあるのか。お前を失い世に解き放たれたあの魔物が、一体どんな未来を歩むのか」

トトの肩が小刻みに震えた。喉の奥が詰まって、息が苦しかった。

染みのように暗雲のように、胸に広がるは絶望。身体の震えは、止まりそうもなかった。

アリはただ泣いている。その肩を抱いたジオルは、最後に静かに、哀しげに呟いた。

「お前達は、そのままでは、あまりに……可哀想だ」

サルバドールの長き魔術史においても前例がないとされたトトとホーイチの契約。その全容は、当事者であるトトにも計り知れないものが多々ある。十年以上経った今でも、だ。

契約の拘束力も、そのうちのひとつであった。

トトがなにかを望み、ホーイチがそれに応える。

その図式は何度も繰り返されてきた。しかし、それは支配ではなくあくまでも呼応の関係でしかない。トトの「お願い」とホーイチの「返答」。もしもそこに食い違いがあったとすれば、互いが納得するラインにすりあわせて来た。

彼女と彼の関係は、どこまでも「母と子」だったと言えるのかもしれない。

「貴方に命じたいことがあるの」

だから、それは、賭けにも近い言葉だった。

「なんだい」

宙に浮いたホーイチが笑う。だが、その笑顔にはどこかかげりがあった。疲労の色かもしれない。ここ数日、彼はひどく疲弊していた。外に吐き出す魔力と、食事が、釣りあっていないのだろうとトトは思う。

それなら、それで、好都合だと。

「誰を殺せばいいの誰を倒せばいいのどこに逃げるの。キミの望みを確かに聞くよ」

暗く瞳を光らせて彼は言う。

トトは数秒、重たいまぶたを下ろし、浅い呼吸をした。そして、目を開き、ホーイチを見ると。

その水色のビー玉の瞳を見て、言った。

「貴方の行動の一切を制限するわ」

ホーイチは驚くことはなかった。ただ、不審げに眉を曲げた。

言っている意味がわからないという顔だった。

「どういうこと？」

「しばらくの間……わたくしの影に封じさせてもらう」

ホーイチの目が細められる。

「……本気かい？」

トトの言葉は低かった。引きつるような笑みが浮かぶ。

「それがどういう意味だかわかっているの？　どういうことだかわかっているの？」

影に封じる。

それは、単にホーイチが不自由を感じるばかりではないことだ。

彼は〈食事〉という外部からの供給を絶たれることになる。そうなれば、彼が喰らうのはその影の魔力であり、生命力だ。

その状態が長引けば、トトの寿命さえ縮めることになる。

しかしトトは、決して動じず、言葉少なに、うなずき認めた。全てを理解していると。

「どういうことだ!!」

ホーイチは激高して叫んだ。

「説明をしろ！　今！　ここで！　キミの影にボクを封じねばならない理由を!!」

「……貴方を……守るためだわ……狙われているのよ、貴方……」

途切れ途切れにトトが言う。けれどホーイチは納得しなかった。

「理由になってない!!」

首を振り、言い捨てる。

銀の髪が宝石のようにきらめいた。

「狙われているのはキミだ、キミも一緒だ！　そしてボクはキミに守られるいわれなんてない！」

水色の瞳で真っ直ぐにトトを見つめ、ホーイチは言った。

はじめて出会った時と変わらぬ姿で。変わらぬ言葉で。

「キミを守るのはボクの役目だ」

あまりに強い響きにトトが言葉を失う間に、ホーイチははっと、その水色の瞳に浮かぶ光を変えた。剣呑な、憎しみの色を滲ませて、彼は言う。

「……アイツのせいか」

トトが顔を上げる。心当たりのない彼女に、ホーイチは詰め寄った。

「あの男だ、傷の男！　アイツがいるから、アイツが……」

慌てたのはトトだった。小刻みに何度も、首を振る。

「違うわ。なにを言っているの、ゼクンは……」

「ボクは許さないぞ、許すものかッ!!」

宙に浮かんだまま、ホーイチが吠える。

トトは困惑していた。これまで、ホーイチがこのように拒絶の意志を示したことはなかったからだ。遊びのようにゆるやかに、トトとて男性と続かぬつきあいをしたこともあった。けれどホーイチは、呆れや退屈さを見せても、それ以上気に留めようともしなかったのだ。

こんな風に、悲嘆にくれたことなんて。

「キミを守るのは、ボクの役目だ」

今にも泣き出しそうな叫びだった。

ああ、と、トトは腕を伸ばし、宙に浮かぶ彼を抱きしめる。

恋や、駆け引きなど、ホーイチにはわからないのだ。否、彼は知らないのだった。無知よりももっと純粋に、トトを守ることだけが、彼の愛情であり、独占だった。

「わたくしには貴方だけ」

囁く言葉は、決して嘘ではなかった。

「貴方だけよ」

何千回、何万回繰り返した言葉だろう。幼い時から、涙を落とすたびに、呪文のように。

「じゃあ」

ホーイチの声もまた、震えていた。

「じゃあ、どうして？」

トトは目を閉じる。

揺らいでしまいそうだった。否、ずっと揺らいでいた。正しいことも、自分の望みも、わからぬほどに。

身体を離し、ホーイチの瞳から、目を逸らした。

途方にくれた顔で、彼は言う。

「どうしたんだ、どうしたの、ヘヴンズ。ボクがあんな奴らに負けると思うのか。ボクがいなくて、キミは――」

「くちごたえは、許さないわ」

トトがその指を伸ばし、ホーイチの額にかざす。

「いやだ」

ホーイチはゆるく、小さく首を振った。

「そんなのは、いやだ」

抵抗も、逃亡も、ホーイチはしなかった。出来なかったわけでは決してない。

ただ、信じられないものを見るようにトトを見た。

「汝、使い魔ホーイチ――」

トトが今でも使うことの出来る、これはたったひとつの魔法だった。

「汝が主であるサルバドール・トトの名において命じます」

ホーイチが顔を歪める。

「……どうして」

それが、ホーイチの最後の言葉だった。

「我が影に封じ、全ての意志行動を、禁じます」

ホーイチの絶望に歪んだ顔から目を逸らすように、トトはそっとまぶたを下ろした。

彼は影に吸い込まれ、そうしてトトが再び名を呼ぶまで、現れることはないだろう。

……決して。

自分の胸の前で拳を固めて、噛みしめるようにトトは言う。

「誰にもあげないわ……この子は、わたくしのものだもの」

言葉を交わすことの出来ない物足りなさも、瞳をあわせられないさびしさも、彼を失う恐怖に比べたらものの比ではないとトトは思っている。

たとえ自分の命を削っても。

その胸に彼の魂ひとつ抱えて、その夜トトは、ガーダルシアの城を出奔した。

天国の耳が忽然《こつぜん》と姿を消したという話は、翌朝にはティーランの耳に入った。

髪にブラシを入れられながら、「おかしな話ね」とティーランは吐き捨てた。

「たった一晩いなくなったからってどうだと言うの？　朝帰りのはずが寝坊しているだけじゃなくって？」

そうではないようです、と侍女が伝える。

荷物もまとめられ、消えた形跡があるとの答えにティーランは笑った。

「へぇ。よっぽど皆さん、トトに大切なご用があるのね」

驚きはなかった。予測されていたことだ。遅すぎたとも言えるだろう。トトがどこに逃げるのかは知らないが、ずいぶん長くもったものだ。

もう、ずいぶん前から、彼女はいつこの国を飛び出していってもおかしくはなかった。けれどそうしなかった理由。たくさんの言い訳があっただろうが、ただ、帰る場所をなくせなかっただけだろうとティーランは思っている。

流浪の民となるには、人の心は、あまりにもろい。

そのもろさを、ティーランは笑うつもりはなかった。

ため息さえもつくことはせず、ティーランはただ、真っ直ぐに鏡の中の自分を見つめて。

そうしてそっと、囁くような言葉をもらした。

「……結局、あたしにはなにひとつの言葉もないのね」

この、はくじょうもの。と、言葉はひとつ、足下に落ちた。


身体が鉛のように重かった。激しい吐き気と眩暈がした。船の動き出す時間を宿で待ち、トトは這《は》うように外に出た。

生命力を削られる感覚、というものを、生まれてはじめてトトは味わうこととなった。けれどこれは生きている証だと思った。

あの子が、ホーイチが、自分の中で生きている証だ。

自分が襲われることは構わなかった。守ってくれる小さな手があったから。ただ、その手を誰かに奪われることだけは、トトには耐えられなかった。

(わたくしには貴方だけ)

貴方だけよと、心の中でトトは言う。

すがるように。確かめるように。

全てを拒絶することも、トトには出来たはずだった。ホーイチに命じ、サルバドールを滅ぼしたってよかった。全ての報復に出ても。けれどトトはあえて逃亡を選んだ。

自分の命を喰らうのならば喰らえばいいと、トトは思う。

あまりに愚かな願いだから、決して口には出来ないけれど。

ともに朽ちてくれればいいのにとトトは思っていた。

このまま身の内に封じたまま、誰かが自分とホーイチを殺してくれるなら。

墓の中まで、天の向こうまで、彼を連れて行きたかった。

(ひとりはいや)

もうひとりぼっちにはなりたくなかった。そして、なにより、彼が自分以外の誰かに手を差し出すなんて、考えるだけで頭がおかしくなりそうだった。

(わたくし達は)

どこかで。

(道を、間違え)

ここまでやってきた。

(それでいい)

けれどそれを、悔いることはない。

(間違いでいい)

正しいことよりも、大切なものがあるのだと、トトは思った。

どれほど罪深くても、どれほど重い過ちでも構わない。

(貴方だけ)

朦朧《もうろう》とした意識の中で、呪文のようにトトはその言葉を繰り返した。そして、ホーイチの、「ボクにも、キミだけだ」という言葉を。

遠く汽笛の音が聞こえた。行かねばならないとトトは思った。行き先はどこでもよかった。いくつかの港の名前がトトの脳裏をよぎる。その中には、ゼクンのこれからの行き先もあった。

彼のことを思い返すにつけ、トトはまるで痛みから目を逸らすように、自己暗示のように唇を擦る。

「愛しているわ」

名を呼ぶことは出来ないから、その言葉だけをトトは口ずさむ。一度口にすれば神経が甘く痺れて、苦しみがやわらぐような気がした。

「愛している」

誰を？　わたくしの、小さな………。

まぶたが下りそうになる。地に伏せて、眠ってしまえたらどんなにいいかと思った。

その瞬間だった。

「!!」

突然腕がつかまれた。誰、と、振り返ったトトは思考を止めた。

「やっと……見つけ……た……」

途切れ途切れの呟き。呼吸とともに激しく揺らす肩には、乱暴に包帯が巻いてあった。

「……ゼクン……」

呆然とトトが言う。

「噴水の近くが家だと言った、それは違うのか」

顎の汗を手の甲でぬぐいながら、雑念を払うようにゼクンは首を振る。ずっと、捜していたのだろうとトトにはわかった。もしかしたら、夜通しで。

「……なにを、しているの」

「先生を探していた」

「なぜ……?」

あんな別れ方をした。もう会わないつもりだった。たくさんの嘘をついた罰だと思った。恨まれこそすれ、再会など願って欲しくは、なかった。

ゼクンは悔しげな、腹立たしげな顔をした。

「あんな別れ方で納得が出来るのか」

少年の瞳で頑なにゼクンは言う。その瞳を見返すことは、トトにはもう出来ない。

「……わたくしは、貴方に、たくさんの、嘘を」

「知っている」

「え……」

トトが呆けたように顔を上げる。ゼクンは釈然としない顔で、それでもやわらかくトトに言う。

「……先生は、天国の耳だ。違うか」

「どうして……」

調べたの、とトトは言う。

「知っていた。もっとも、最初に会った時にはわからなかったが……」

そして彼は言いにくそうに顔を歪めながら、訥々と語った。

「以前いた国で、腕に覚えのあるものとして、話を持ちかけられた。この国にいる、天国の耳を連れてくれれば高額を払うと。俺はそういうやり方は好きじゃない。強く断ったが……その時に、肖像画を見せられた」

「じゃあ……」

知っていたのかとトトは思う。トトの職業も、その出自も。……ホーイチの、ことさえ。

けれど、ゼクンは何も変わらぬ真っ直ぐな面持ちでトトに言うのだ。

「だが、先生は俺に言葉を教えてくれた。だから、俺にとっては、先生であることに変わりない」

ひどくシンプルな、そして素直な言葉だった。彼の純朴な人柄を全てあらわしたような。

トトはほんのわずかに、淡雪のような笑みをこぼした。泣きそうな笑みで笑ったのはけれど、一瞬のこと。

「行かなきゃ……」

ゆらりとトトが歩き出す。その傍ら、トトの腕を抱えるように、ゼクンが歩く。

「一緒に行く」

トトは足を止めて、「来ないで」と虚ろに告げた。

「わたくしは平気」

「らしくない。下手な嘘だ」

言われてトトはぐっと言葉を詰まらせた。ゼクンの手を振り払い、「いらないと言っているでしょう！」と癇癪《かんしゃく》を起こしたように声を荒らげた。

「わたくしには、使い魔がいるのよ！」

その力を封じておきながら、やはりトトが口を開けばその言葉しか出てこない。

「知っている」

ゼクンは動じない。

「先生の従えた使い魔は、あんな姿でも強い者なんだろう。俺のような半人前は先生には必要ないのかもしれない。……俺が、守りたいだけだ」

くしゃりと顔を崩すトトに、ゼクンはもう一度、確かめるように言った。

「俺が、……貴方を、守りたい」

その言葉を振り払うようにトトは強く首を振り、「わたくしには、あの子が」と譫言《うわごと》のように反復する。

あの男がいるから自分はいらないのかと言った、ホーイチの言葉を思い出す。何度問われても、その問いには何度でも否と返すことはわかりきっていた。

だから、と思っていた。だから、この手を、とる、わけには。

「それがなんだ！」

けれどゼクンはトトの肩をつかむ。

「先生には確かに息子がいる！　その息子は先生を守るだろう！　だが、それが他の人間を拒絶する理由になるのか！」

トトの目を覚まさせるように強く揺すり、そうしてその目をのぞき込んで、必死にゼクンは言った。

「大切なものは大切にすればいい。だが、俺も、他の人間も……ここにいる」

あまりに純粋で、あまりに真っ直ぐな言葉だった。それは確かにトトの心を打った。

くしゃりとトトの顔が歪む。

「いないわ」

涙する少女のように、幼子のように彼女は言うのだ。

「あたしには、誰も…………！」

落ちこぼれと言われ親に捨てられ友に拒絶され、一族からも排他されてきた。その傷跡は、本当はトトが思うよりもずっとずっと大きかった。自らの武器を手に入れ、剣を振るうように微笑むことを覚えても、彼女の心は孤独なままだ。

誰もいないのだとトトは言う。

たったひとり、ホーイチだけ。

今更、他の誰かなど認めるわけにはいかなかった。閉じた世界は閉ざされたままで終えるべきだった。

トトに広い世界があると認めることはすなわち、ホーイチにも、本当は広い世界があったのだと、認めることになりそうで。

二人にはもっと、道があったことに、気づいてしまいそうで。

「先生……」

ゼクンが手を伸ばし、トトに触れようとした。触れなければわからぬだろうと彼は思った。触れればなにかが変わるかもしれないと、ゼクンは思った。

トトの癇癪は、まるで迷子の子供のようだった。

人混みの中で誰もいないと泣いているのと同じことだ。

本当は、世界はもっと広く、人々は優しいのだということを、旅を続けてきたゼクンはわかっている。

誰かが抱きとめてやらねばならないのだろうと思った。たとえ彼女の使い魔の怒りをかってでも。

そうしてゼクンの手がトトの頬に届いた、その時のこと。

突然の衝撃がやってきた。

「!?」

ビシッ！　と巨大な陶器が割れるような音。突然亀裂が入ったのはトトとゼクン、二人を中心とした大きな円。地の亀裂が、そのまま魔法陣となり、光を放った。

「――ッ！」

トトが突然、渾身《こんしん》の力でゼクンを突き放し、その光る円からはじく。

「逃げて――!!」

トトが絶叫した。

「トト先生!!」

無数に割れた地の欠片がトトのつま先から足首まではりつき、彼女の自由を奪った。

ゼクンは大きな舌打ちとともに、自分の拳を構えた。

獣のような雄叫《おたけ》びをひとつ、その拳を地に沈めると、トトの足下はより強い衝撃で幾重にも亀裂が走る。

突然のことに目を剝いた街の人々も、尋常でないその情景に皆辺りは蜂の巣を突いたような騒ぎとなり、逃げ去った。

魔法陣の光が消え、トトの身に自由が戻ったのを見計らい、ゼクンがトトの腕を引き寄せた。

「駄目よ、駄目、逃げて——!」

トトが涙を浮かべ、首を振る。

「出来ない」

守ると言った。彼はそれを確かに、体現した。

魔術の気配はひとつではなかった。トトの出奔を受けて、一体どれだけの魔術師が集まったのかはわからない。ミス・ガーダルシアと彼女を呼んだのは果たして誰だったか。

彼女と彼女の使い魔は、今やサルバドールの、ガーダルシアの宝だ。

トトの手を引き、ゼクンが走り出す。

トトは自然とこぼれる涙に視界を揺らがせながら、自分の胸元を無意識につかんだ。

呼ぶべきなのか。

彼を。

爆音と粉塵《ふんじん》がまきあがる。前後不覚となったトトは、するりと自分の手のひらをすり抜けたゼクンの名を呼んだ。

人間の殺意の音。トトの耳はその、呼吸と息遣いを捉える。

（駄目――！）

恐怖で身を凍らせた、その時だった。

重たい音。それとともに、突然目の前に現れたゼクンの影。その向こう。

灰色の胴衣を着た男が、ゼクンの腹に小剣を突き立てていた。

声にならない叫びを上げたのはトト。ゼクンは、痛みに顔を歪めることさえなく、一喝とともにその男を張り倒した。

（壊れる）

トトは思った。

（駄目だ、壊れてしまう――!!）

嘘のように軽い爆発音。

低い唸り。

それがゼクンの唯一の悲鳴だった。

飛び散ったのは彼の血。爆発したのは、呪札の貼られた腹の短剣。

辺りに血が散った。

肩をケガした時の比ではない、真っ赤な鮮血だった。

トトは絶叫する。

もう耐えることが出来なかった。正気を手放してしまいそうだった。

夢中になって名を呼んだ。

彼女を救う、たったひとりの、使い魔の名を。


粉塵のまだ舞う中で、ホーイチがその身の自由を取り戻し飛び出して、そうして一瞬トトの顔を見た。

ホーイチはひどい顔色だった。

「……結局こんな風に呼ぶんだ。虫がいいよ」

ほとんど魔力が足りていないのだろう。トトの生命力を奪わぬように、彼もまたぎりぎりまで己の魔力と命を削っていたのだ。

トトは血まみれになったゼクンを抱き、子供のように泣いた。

ゼクンはそれだけの傷を受けてなお、倒れようとはしなかった。内臓に受けた傷は致命傷のはずだった。

それでも彼はまだ倒れることはなかった。——彼は、武人であったから。

「助けて」

泣きながらトトが言う。

「助けて、お願い、あたしを、助けて……！」

自らの手で使い魔を封じておきながら、彼に生命の断食を命じておきながら、結局はこうしてホーイチの手を借りることを、トト自身あまりに自分勝手なことだとわかっていたけれど。

トトは、他に、なにも出来なかった。

そしてそんなトトからホーイチはふいと視線を外した。また次の攻撃をしかけようとしていた魔術師の爆発を手のひらで返し、言う。

「忘れないで」

決して答えとならない答えを。

「ボクはいつも。きっとキミのそばにいるから」

その声は、まるで羽のようにやわらかなものだった。

壮絶な闘いとなった。

轟《とどろ》いた爆音は、遥《はる》か王宮までも届いたという。

ホーイチは枯れ木のように消耗してこそいたが、伝説の魔物、その全力をもって人間の魔術師達に応じ、それらを蹴散らさんとした。

——己の命を削ってでも。

「誰か」

トトは血に伏し、倒れたゼクンの頬に触れる。

生命力の流れゆく身体。その頬に幾粒もの涙を落とし、トトは糸のような声で言った。

「誰か、助けて……」

目の前で、ゼクンはトトを守り、そしてこうして命の火を消そうとしている。

何人いるのか判別のつかない闘いは未だ終わらない。

トトにはもう、神に祈るよりも他なかった。

この嵐のような悪夢の終わりは、もう永遠に来ないのではないかと思われた。

その時だ。

突然トトの周りを取り囲む集団の影があった。突然のことにトトが呆然と顔を上げる。今度はなにが、そう思った瞬間だった。ホーイチもそれに気づき、攻撃をしかけようと構える。だがその中、人垣を割ってトトの前に現れたのは。

「――ごきげんよう？」

黒き蝶々の末姫、その人だった。

「ティー、ラン……」

ティーランは王宮から呼んだ人間達に指示をし、ゼクンを布に乗せ、運ばせた。

「どう、して……」

「ああら、そんなことを聞くのね、馬鹿馬鹿しい。ホントに馬鹿馬鹿しい、やってらんないわ！」

姫君らしからぬ口汚い言葉でそう言って、ティーランは腕を組み、トトを見下ろし言った。

「一度しか言わなくてよ」

そして彼女はたった一言、告げた。

どの借りだとも、貸しだとも、彼女は言わなかった。

ふてくされたような顔で、ただこう告げた。

「ねぇトト。あたしの独り相撲とわかっていたけれどね。あたしは、あたしなりに。——貴方のお友達でいたつもりなのよ」

トトはくしゃりと顔を歪める。

子供であったのは。我がままだったのはどちらの方か。

戦い方を、教えてくれた貴方。

別の戦場で、同じく戦っていた貴方。

わかりあえなくてもいいと思っていた。でも、わかりあわないままでも、本当は。

その時、遠くで名前を呼ぶ声が聞こえた気がした。

女性の声だ。誰かわからない、とトトは思ったのに、胸の中に広がる安堵があった。

生まれた時から知っていたそれ。細く、しなやかに、けれど、誰よりも強く抱きとめる腕。

「トト！」

忘れていたその響き。

「トト、トト……！」

涙する小さな細い身体からは、忘れられないにおいがして。

「……どうして……」

譫言のようにトトが言う。

「おかあ、さん」

トトのもとに現れたのは両親だった。父親は彼女を守るように立ち塞がり、母親は強く彼女を抱いた。自らが盾になるかのように。

「大丈夫よ。……大丈夫」

囁きは、聞いたこともないほど強いものだった。そしてトトの肩を抱く、その手のひらの力も。

トトは不思議に思う。細く小さくなってしまった母親の、どこに、これほどまでの強さがあるのだろう。

自分は母親になったつもりでいた。けれど思い上がりであったのかもしれないと、唐突にトトは思った。自分は、思い上がっていたのかもしれない。

母親だからと愛情を注いでいた、けれど。

愛情とは、巡るものでは、なかったか……？

駆けつける人々の中には、かつての尊師の姿もあるようだった。

（ひとりではない）

と、誰かが言った。

（わたくしはずっとひとりだった）

と、トトはかすかに思った。

本当に。

……本当に？

目を背けていただけではないのか。自分にはホーイチだけだと。

頑なに拒んでいたのは、自分の方ではなかったか——……。

トトを想う誰かがいる。今こうしてトトのもとに駆けつける人々がいるように、かつての昔にも、本当は。

暗闇だと思っていた場所はただ、目を、閉じていただけではないのか。

（もしかしたら）

トトがそうであるように。

ホーイチにもまた、機会を与えれば。

彼は大切なものをその心に宿すことが出来たのかもしれない。

今はもう、遅すぎることなのかもしれないけれど。

トトは祈った。自分はどうなっても構わない。どんな、罰を受けてもいい。

愛すべき人々が、どうか元の暮らしに戻ることが出来ますように。

神にではなく、彼らに、祈った。

城へと運ばれたゼクンは、すぐさま王宮の医師により処置が施されたが、彼の内臓の惨状はもう、医師達には手の施しようがないほどだった。

「ゼクン……!」

城に戻ったトトが走り寄り、その名を呼ぶ。

身体中の血がこぼれても、その内臓が崩れても。ゼクンは未だ、その意識を保っていた。

驚異的なことだと医師達は述べて。

——長くはもつまいと、誰もが一様に告げる。

それでも、トトが手を伸ばし、手をとれば、その手を強く、握り返す力があった。

「大丈夫。……俺は」

気丈に笑ってみせる。けれどその顔に浮かんだ死の影は払拭出来ない。

「……泣かないで」

ひゅう、と喉を鳴らし、微笑んで。

それでもトトを労《いたわ》る彼に、トトはただ、涙しか出なかった。

助けて、お願い彼を助けてと、医師と魔術師に懇願するが、誰もが力なく首を横に振る。

ああ、と崩れ落ちるトトに、ティーランが強い顔でその肩を抱いた。

トトの連れ出されたゼクンの病室に、ひとつだけ、残った影があった。

「……だから、不様だって言うんだよ」

心底軽蔑した瞳で言うのは、ホーイチだった。彼はトトの傍ではなく、ゼクンの傍らにいた。

魔力をあまりに使い果たし、宙に浮かぶことさえも辛そうであったが、それでも彼は傲慢に空中からゼクンを見た。

「その程度の力で、ヘヴンズを守る？　フン、笑ってしまうね」

「……俺は、これから、いくらでも強くなる。……なって、みせる」

ゼクンは焦点のあわない瞳で、その拳を強く握った。

「大切なものは、この手で、守る……」

その姿を、ホーイチは瞳を細めて見つめた。

「ヘヴンズを守るのはボクの役目だ」

ふっとゼクンは笑う。

「ああ、…………お前は、先生の子だからな……」

声はもう掠れていた。耳に拾うことも難しいほどに。

ホーイチはそんなゼクンを見下ろし、一度ゆっくりまぶたを下ろして、そうしてまた開いた。

「けど、そこまで言うのなら」

不機嫌そうな顔で、なにひとつ面白いことなどないような顔で、ホーイチは言った。

「――――勝負をしようか、傷の男」


ティーランに頼み、ひとりになったトトは、ただ後悔に涙を流した。

自分の身勝手な行動のせいで、誰かが命を落とそうとしている。トトを守り、トトに優しさを教えるために。

ホーイチさえいればいいのだとは、トトはもう思えなかった。

本当はわかっていた。ホーイチだけでいいのなら、何もかもがいらないのなら、トトはこうして苦しむこともなかったのだ。

結局トトはあまりに貪欲だった。力も故郷も美しさも隣にいる誰かも。全てを求めた。

――彼はずっと、たったひとり、トトだけを見ていてくれたというのに。

絶望に正気を失いそうになりながら、トトはふわりと、やわらかな気配を感じた。

涙に濡れた顔を上げる。宙に浮かぶホーイチは、トトから裏切りのような封印を受けたというのに、なぜか、不思議と、あまりに優しい顔をしていた。

「泣いて、いるの？」

微笑むような声音で彼は聞く。

「ホーイチ……」

トトはまた顔を歪めた。その優しい表情に。トトの身勝手も、我がままも、全てを許さんとするのだろうと、わかってしまったから。

「ねぇ、ママ」

ホーイチはそう囁いた。

まるで幼き頃に戻ったように。

「ねぇ、ママ。あげたいものがあるんだ。受け取って、くれるかい？」

微笑む姿は、まるで無垢《むく》な天使のようだった。ホーイチが両腕を伸ばす。

宙に浮いたまま微笑んで、ホーイチは言った。

「キミにこの両耳を返してあげる」

呆然としているトトに、彼は言う。

「この名をひとつ。そしてこれからの未来を全て」

宣誓のような言葉だった。

彼は神にでも誓うように、こう繋いだ。

「キミに、あげる」

そして彼は、トトの封印布をほどき。

その両耳に、やわらかなキスをした。

「だからひとつだけお願いがあるんだ」

笑みをほどいて、ほんの少し泣きそうな顔で、彼は首を傾げる。

「もしもボクが死んだら。キミはそうして、ボクを思って泣いてくれるかい?」

トトは途方にくれた顔で、「ホーイチ……」と狼狽《ろうばい》しながら呟いた。

「イエスと言って。いいよと答えて」

ホーイチはただ、その答えだけをせがむのだった。

「そうしたら、ボクの心をひとつ、持っていっても、構わないから」


勝負をしよう、と彼は言った。

ボクはキミを喰らおうと、ホーイチはゼクンに囁いた。

「キミの身体を喰らう」

その髪から、つま先まで、全て。食してしまおうと彼は言う。

人喰いの名のままに。本能のままに。

「そうすれば、本来ならば、キミがボクになる」

かつてアベルダインの身体を乗っ取った時のように。ゼクンの身体は魔物のものとして再構築され、その傷も癒えるだろうと、ホーイチは言った。

「けれど、もしも、キミの魂の方が強ければ」

そして、勝負の内容を彼は明かした。

「ボクはキミになってしまうかもしれない」

本来ならば決してないことだ。アベルダインの意識は、深層心理の構築素材としてだけ、ホーイチの中に残っている。たとえば、言い得ないような郷愁だけが。ホーイチのような強大な魔物であれば、それが通常だった。

一介の人間が魂で競り勝つなど、有り得ないことだ。

けれどゼクンにも勝算があることを、ホーイチは理解していた。ひとつは、ホーイチの生命力が著しく衰弱していること。彼はあまりに弱っていた。しかしゼクンもまた、その力は血となり流れ出ているはずだった。

もうひとつは、これまでトトは誰にも言わなかったが——ゼクンの身体にひそむ、魔の力だった。彼の出自が一体どんなものかはわからない。けれど彼の血からは強い魔術の気配が、同じ魔物であるホーイチには感じられた。

もしも彼が魔術を学んだならば、トトなど比にもならないくらい優秀な魔術師となったかもしれない。

そして最後の要因は……ホーイチの耳だ。

十数年ぶりに、彼は、自らの耳を手放した。その結果が、どんなものとなるかは、ホーイチにもわからなかった。

ホーイチとゼクン。どちらの魂の力が勝つのかは、ホーイチにも、測れない。

「……なぜ」

言葉少なにゼクンは、不可解さの滲む言葉を吐いた。

しばらくの沈黙のあとに、「ママが」とホーイチは言う。

「キミを思って、泣くからさ」

それではゼクンは納得をしなかった。

「……お前が、死ねば、それ以上に、泣く」

ふっとホーイチが笑った。さびしげに。

「そうかな」

「そうだ」

ゼクンは息も絶え絶えであるというのに、そうして即答した。馬鹿だなあとホーイチは笑った。なんだかひどく、もの悲しく愉快な気分になってしまった。

「愚かなことだって、ボクも思う。どうしてかって聞かれたら、なんだかよくわからないんだ」

ぽつぽつと雨音のようにホーイチは囁く。

「ボクとママが、間違っていたとは思わない。けれど……歪みが、ある」

愛情は優しかった。満たされた。けれど。

「ボクらは決して親子ではなかった」

あるいは親子のようであり、またあるいは友人のようで、あるいは恋人のようでさえあった。そしてそのどれでもなかった。主従の関係でさえ、なかったと、ホーイチは思う。

「それでも、ボクは、よかったんだけれど、ね」

人がひとりでは生きてはいけないものだということは、ホーイチはうすぼんやりと感じていた。だからよかったのだ。

本当は、よかった。

トトに誰がいても、たとえどんな友人がいても、師がいても、恋人がいても、家族がいても。

ゼクンがトトを守ると言った、それだけは承服しがたいものだったけれど。それ以外は、よかったのだ。

たとえトトがホーイチよりも大切なものを見つけても。ホーイチ〈だけ〉ではなくなっても。

人間だから、仕方がないのだと思っていた。

ホーイチは魔物だった。魔物だから、トトをたったひとりの主とすることが出来るつもりだった。そうして傍にいればいいと思っていた。

けれどトトはそうしなかった。ホーイチがトトを思うように、トトもまたホーイチをたったひとりだと思おうとしたのだ。

泣き虫で、落ちこぼれのくせに。

おかしなところで強情なんだと、ホーイチは昔を懐かしむように呟いた。

トトは罪悪感があるのだ。彼女ひとりが、他の誰かを望むことが出来ることを。

――それが、嬉しくなかったかといえば、嘘になる。

嬉しかった。

トトは人間なのに、もうずいぶん長い間、ホーイチをただ唯一としてくれた。それが彼女の鎖であったとしても、ホーイチは、嬉しかった。

「でも、もういいんだ」

本当にいいわけではないけれど。

「使い魔のボクがこんなことを願うなんて、笑ってしまうけどね」

人間は弱くもろくて壊れ物のようだ。その中身は複雑怪奇でなにもわからない。でも。

「幸せに、なって、欲しいんだ」

そんな呟きをもらすホーイチを、ゼクンは目を細めて見つめて、言った。

「……先生の、言った、通りだな」

「……？」

首を傾げて問い返す、そんなホーイチにゼクンはまぶたを下ろして言った。

「優しい、子だと」

はっと吐き捨てるようにホーイチは笑った。笑いながら、顔を背けて。

涙を堪えるように、何度かまばたきをした。

「——傷の男。ボクがキミに勝ったなら、ボクはトトを連れてこの国を出る。キミの姿で。だから……」

皆まで言わせず、ゼクンは答えた。

「ああ。……俺が勝ったら、お前の……あとは、確かに継ごう」

約束は成された。

名の制約も、血の誓いもないただの、小さな約束であったけれど。

それは未来をゆだねるに足るものだった。

ホーイチは、その手のひらを、ゼクンの心臓の上にかざす。

そして、ゆるやかに眠るようにそっと、そのまぶたを下ろした。


昏々《こんこん》と眠るトトは、ずっと昔の夢を見た。

まだ幼い頃の夢。小さなホーイチと、手のひらの大きさが同じだった頃。

トトは泣いていた。真夜中のベッドの上だった。ひとりで涙を浮かべていると、いつも決まってホーイチは来てくれた。

『なにを泣いているのさ』

——覚えている。

深い眠りの底でトトは思った。

覚えている。これは、神殿にいた頃。皆で飼っていた猫が死んでしまった夜のこと。

トトはまだ、ひとりの夜にさえ慣れきっていないほど幼かった。

『怖くなったの』

嗚咽混じりに小さなトトは言った。己の使い魔の服を引いて。

『なにがさ』

ホーイチはこんな時、いつだって理由を聞いてくれる。大概のことは彼にはくだらないことで、どうしてそんなことで泣けるのかわからないといった風情だった。

泣き虫のトトにつきあうのは彼の役目だった。

『怖いの。——死ぬことが』

死という概念が、突然形を持って襲ってきた夜だった。

猫の身体は冷たくなり、たくさんの子供達が泣いていた。

——ああしていつか、みんな死ぬの。

それを理解することは、深い深い闇をのぞくような恐怖だった。

誰もが幼い頃に一度は通る道だった。

死という実感。

けれどそうして震え泣くトトを、ホーイチは笑うことも呆れることもしなかった。

『死なないよ』

彼は真っ直ぐトトを見て言った。

宣言のようにはっきりと。

『キミは死なないよ。ボクが守るもの』

ホーイチの言葉は魔法だった。トトの恐怖をいとも簡単に取り除いてみせた。

あの時、救われたのだとトトは思う。

確かに救われた、あの救いは。

死が、決して訪れないと思ったからではなく、また、ホーイチに守られるからだという安心感でもなかった。

トトの心を救った事実。それは。

ホーイチよりも、必ずトトが先に死ぬのだということだった。

寿命の違いがある。身の内に流れる時の速さの違いがある。いつかホーイチを置いて死ぬということはつまり、決してホーイチが死ぬ時を見届けずともよいということだった。

あの時のトトは子供で、あまりに幼くて。そんな自分のことしか考えられなかった。

誰かに死なれることがこんなにも辛いなら。

相手もまた、自分を失う恐怖の中に生きているかもしれないということに。


軋《きし》むほどに歪むほどに。

さびしさのあまり互いを求めた。

多分、きっと、自分達の関係は間違っていたのだろう。

けれど。

(それでも)

決して後悔はないと、トトは思った。


ゆっくりと目を覚ます。世界が凪《な》いでいた。どれくらいぶりの無音だろうとトトは思う。

ああ、耳がかえったのだ。

トトをのぞき込んでいる影がある。

一瞬その影が彼女の小さな息子にだぶった。

いつもいつも、おはようと真っ先にトトに告げたのは彼だったから。

なめらかな頰に触れるように手を伸ばす。焦点をあわせ、相手を見ればそこにいたのは褐色の肌をした、彼女の使い魔ではなかった。

深い緑のざんばらの髪、鼻の上には一文字の傷を、スカイブルーよりは輝きの劣る、くすんだ瞳をトトは見つめた。

「あなたは……だあれ」

トトの耳は白く、もう使い魔の鼓動は聞こえない。

だからトトは尋ねた。

貴方は誰か。

——どちらなのか。

「すまない……」

顔を歪めて、その口から出てきた言葉はそんなもの。

トトは掠れた声で静かに言った。

「……勝って、しまったのね……」

横たわるその頬を涙が伝った。

「すまない」

ゼクンはもう一度言った。ガーダルシアの人喰いと呼ばれた、伝説の魔物を魂の輝きで封じ込めた、奇跡のような武人は痛みをこらえる顔で。

トトは彼の頬に手をあて、首をなで、そして手のひらをその胸に軽く押し当てる。

その鼓動を聞くために。

「——……恨む、かもしれないわ」

微睡《まどろ》みの延長のように、けれどその瞳からはとめどなく涙を落としながら、トトは言った。

「わたくしの子を殺《あや》めた、貴方を」

「ああ」

ゼクンは即答した。

全てを決めた瞳だった。彼はいつだって、迷うことなどないのだった。

「恨んでいい。憎んでもいい。その資格が、ある。だが――」

その手をとり、彼は言った。

「一生を賭けても、貴方を守りたい」

トトは涙の向こう側、揺らぐ視界の中で降り注ぐ言葉に、そっと目を閉じた。

「それは……誰の、意志……？」

罪滅ぼしか。

それとも、義理を立てたのか。

ゼクンははっきりと答える。自分の胸を、拳で叩いて。

「俺の意志と、こいつの、……願いだ」

そうしてトトは、震える腕で、一度だけ、ゼクンを強く抱きしめた。

全ての過去と、そして、託された未来を抱くように。

ガーダルシアの人喰いの魔物、彼の物語はここで終わる。

神殿の奥に飾られた石板には、いつまでもその物語が語られている。

歴史に刻まれるべき、少女の名前はサルバドール・トト。

一度はその魔力の弱さにサルバドール家の破門も提示されておきながら、従えた使い魔の強力さに、サルバドールに身を置くしか道がなくなった、曰《いわ》く付《つ》きの少女。

そして彼女の使い魔の名は——ホーイチ。

かつては伝説の人喰いアベルダインと呼ばれた、水色の目と、浅黒い肌、目元には三連のほくろ。そして白い耳を持った、魔物の姿は少年のままで、いつまでも永久に、歴史に刻まれている。


長きにわたる陣痛と、多量の血を流しながら行われる、それは産みの苦しさそのものだった。

多くの誕生を見守ってきた女性達が騒がしく走り回り、今まさに新しい命が外界へと生まれ出ようとしていた。

喘《あえ》ぎ、歯をくいしばるように、その中心で痛みに耐えるのは、新しき母となる女性。

永遠とも思えるその苦しみはけれど、産み落とされた子の、はじけるような泣き声に全てかき消される。

生きたいと願うその声は、そのまま、歓喜の叫びとなって母親の耳に届いた。

愛することを、決めていた。

生まれてくるもうずっと以前から。

そうして彼女は汗も拭かずに、自分の子供を抱かせてくれと手を伸ばす。

しかし、躊躇いを見せたのは周囲の女性と医師達だった。

彼女達は安堵とともに不審な顔をし、そしてひそひそと何事か囁きあった。

抱かせて下さいと母が言う。

見せて下さい、我が子を。

女性達の表情はどこか不安げで、新しき母親を労るように見た。その仕草から、もしや生きていくことに不自由のある身の上で生まれてきたのかと母は思う。思ったが、構わなかった。

自分の子供には間違いがない。

そうして彼女達の手から渡された、小さな命は。
確かに、彼女とも、そして愛を誓った彼女の夫とも似ても似つかぬ肌の色をしていた。
けれど彼女は涙を落とし、むせび泣きながらその子を抱きしめる。
白い肌の母に抱かれた、褐色の肌、目元に三連のほくろを持った、小さな、赤ん坊。
いいえこの子はわたくしの子です。
そう言いながら彼女は泣いた。
この子はわたくしと、そして夫の子です。
たとえ肌の色が違っても瞳の色が違っても。

その赤子の名前を——トトはきっと、生まれる前から、知っている。

END

幕間　黒い蝶々の姫君

海に浮かぶ舞踏場ことクイーンバタフライ号、その名はガーダルシア港に停泊している豪華客船のことを指す。

航海に出るわけではないが、海上で宴《うたげ》を催すこの客船が、ガーダルシア王家の末姫、ティーランの十歳の誕生日に贈られたものだとは、トトは外交官になるまで知らなかった。

幼子のおもちゃにするにはあまりに大きな代物に、当時の国王、彼女の祖父の逸脱した愛情が窺えた。そしてまた、ティーランの王家での微妙な立場も。

彼女の王位継承権の順位は極めて低いはずであるのに、船の冠する名がプリンセスではなくクイーンであることは、驚き以上に不可解なことだった。

遠くから船を望む。今夜の戦場の舞台だった。王女ティーランの十六の誕生日。毎年、彼女の誕生日はこの船にて行われる。本人の意向とは無関係に。

王宮を出て仕事をするのはトトにとっては希有なことだった。髪にまとわりつく潮風は、トトには懐かしい香りだが、ホーイチは珍しく臆するような顔をした。

「海は嫌いだ」

眉間に強い皺を寄せて、ふわりとトトの影から現れたホーイチは、ひとりごちるように言う。

「海は嫌い。──船も」

かすかな言葉にトトは目を細める。これまでも、彼が不思議と異国のものを懐かしがるようなことがあったので。

心の奥底に染みついた恐怖があるのだろうと、トトは思う。

その血と身体、指先まで。生まれる前の記憶に近いもの。

それはかつて、彼が喰らった少年の欠片だ。奴隷商人に売られて来たという彼の物語はもう、昔話よりも古かったが、今も彼の血肉には息づいているのだった。

トトは時折不思議に思う。

彼は誰なのだろう。たとえば、どれくらいだけ〈人喰い〉で、どのくらいだけ〈アベルダイン〉なのか。真剣に答えを求めているわけではない。彼が何者かと問われれば、トトは人喰いともアベルダインとも答えないだろう。

彼は、ホーイチだ。

「いいのよ」

優しく笑い、トトは言う。

「じゃあ、いいの。少し、散歩にでも行ってらっしゃいな」

影の中にひそむ必要もないとトトは言った。

「わたくしなら大丈夫よ。心配はしないで」

宴の最中にホーイチを呼ぶようなことは、トトには数えるほどもなかった。外交は彼女にしか出来ない戦であるし、そこに武力や魔力を介入させる時点で、交渉は失敗しているのだろう。

ホーイチは、相も変わらず水色の、ビー玉の瞳でじっとトトを見る。

「なにかあったら、きっと呼んで」

「大丈夫よ」

心配性ねとトトは笑う。

「大丈夫、わたくしだって、もう子供じゃないんだから」

しかしホーイチの目元に寄った皺は消えない。安心をさせるように、トトはその頬をなでて言った。

「終わったらすぐに呼ぶわ。その時はどうか疾《と》く疾く戻ってきてね。——いい子だから」

幼子をあやす口調でそう告げて、トトはしばし、愛《いと》し子《ご》と離れたのだった。

太陽が沈む頃に、クイーンバタフライ号は岸から離れる。そう沖に出るわけでもないが、しばらくの間は陸地と切り離されることとなる。

豪華客船の名に恥じず、王宮の晩餐会をそのまま船の上に移したようなきらびやかさがそこにはあった。

ガーダルシア国内だけに留まらず、各国から招かれた客人達はまずティーランに挨拶を述べ、心を尽くし贅《ぜい》を尽くしたプレゼントを渡していく。儀礼的にティーランが受け取り、あとはもう宴に興じるばかりだ。

トトはそんな客人達を捌くことに徹している。

右から左、笑顔を振りまき、舌戦にて相手を制す。白粉《おしろい》も紅も彼女の肌には慣れたものので、自分を美しく飾る術《すべ》を心得ていた。

ティーランはいつものように、トトの方に見向きもしない。

「少し揺れておりますね」

飲み物を持って彼女に声をかけてきたのはトトと顔見知りである、とある国の要人だった。骨の浮き出た細い顔をした、初老の貴族だ。

「久方ぶりだ、サルバドール女史」

「お久しぶりですわ、サー」

トトはわずかにうち解けたような笑みを浮かべた。彼の人柄を信頼していたからだった。

彼はトトのような年若い外交官も、軽んじるようなことは一度もなかった。静かに言う。

「ティーラン姫は年を追うごとに美しくなられる」

「……ええ、羽化の時節なのでしょう」

調子を合わせるようにトトはうなずいた。彼女は王家の人間であり、個人的な関係がどうであれ、トトは王家に仕える身だ。反目するようなことは言えない。

「そういえば、ティーラン姫はその昔、蝶姫と呼ばれていたね。知っているかい？」

過ぎた日々を思い返すように男がそう言うと、トトは口元を軽く押さえて驚いて見せた。

「あら……はじめて聞きましたわ」

「うむ。君もまだ幼かったことだろう。当時の陛下――姫君の祖父どのが、彼女のことを〝我が蝶〟と呼んでいたそうだ」

「では……この船の名も、そこから？」

「かもしれないね」

孫娘を蝶と呼ぶその溺愛ぶりは、トトには度しがたいものではあったが、その名は、彼女によく似合っているように思えた。風に乗り、人々の手をすり抜けるように飛び去っていく小さな美しい羽。

ぼんやりとそちらを見ていると、傍らの男は「……ところで」と声をひそめてトトに声をかけた。その低い響きに、トトはかすかに指先を緊張させる。

他者の紡ぐ声色。そこに滲む心の機微を、トトは造作なく判別することが出来るのだった。

「天国の耳である貴女《あなた》の有能さを見込んで、一つ頼みがあるのだが」

あくまでも平静を装った言葉だった。楽団の音にかき消されそうな声だ。トトは一瞬身構え、計算し。

「──少し、場所を変えましょうか」

そう、小さく笑った。

クイーンバタフライ号の甲板に出ると、船に乗り込む時にはうっすらと出ていたはずの月が厚い雲に隠れていた。風もわずかに出はじめているようだ。帆は閉じているがゆらゆらと揺れる足下の感触。

ひとけのないそこでトトは男から言付けを預かった。それはガーダルシアの誰かへの言付けではなく、数ヶ月以内にガーダルシアを訪れる予定になっている遠い異国の、賓客への言付けだった。

よほど何か、国の根幹を揺るがす、秘匿性の高い情報かと思ったが、そうではなかった。何度か、瞬きをして、トトは相手を見た。

驚くことに、それはものがなしささえ覚えるような、切実な——終わってしまったはずの恋を確かめるような言葉だった。

「二度と、彼の人には伝えられないだろうと思っていた言葉だ」

一体どのような人生の積み重ねがあり、老いてしまった今、それを言付けようと思ったのかは、トトにはわからない。

「しかし、貴女にならばと」

あらゆる言語を介し、「伝える」ことが出来る、天国の耳があるのならば。

彼はもしかしたら、天の国に、夢を見たのかもしれなかった。そして掠れた声で、囁くように言った。

「……この言付けを彼の国の要人へ渡せたなら、このことについて一切を、忘れて頂けるか」

そう尋ねられたトトは、目を伏し目がちにしながら、

「わたくしの出自をご存知ですか？　サー」

と答えにならない問いかけを返した。

戸惑う表情をする相手に、トトは真っ直ぐ視線を返す。やわらかな笑みを浮かべて、トトは自身の胸元に手をあてた。

「落ちこぼれでこそありましたが、わたくし、魔術師の一族に生まれた者です。誓約の重要さは身に染みているとお思い下さいませ。――サルバドール・トトの名において、必ず、お約束いたしましょう」

責任は重いが、それを任せられるだけの自分なのだと思いたかった。

トトの真摯な言葉に、男はほっとしたように頰の筋肉をゆるめた。

「感謝します。ミス・サルバドール」

その時、楽団がひときわ高く音楽を鳴らし、岸の方から、花火が上がったようだった。甲板の反対の方向に、人だかりの気配。けれどそこに当のティーランの姿はなく、何人もの身分の高そうな男性達が、肩すかしをくらったような顔をしていた。

その様を遠くから見ながら、言付けを終えた男はひとりごちるように言った。

「今年も、ティーラン様はどなたとも踊られなかったようだ」

「え？」とトトが聞き返す。

遠くを見たままで、男は続けた。

「末娘である彼女が自由になるためには、他国へ嫁ぐしかないはずなのですよ。この国では、彼女は死ぬまで、小さな末姫のままだ。それは、彼女自身も苦しめることになりかねない」

自由のために、婚礼をすべきだと彼は言った。いつかそうなるはずだと。トトはけれど、あのティーランの、高慢な横顔を思い出しながら、

「かといって、恋は、したくて出来るというものでもないでしょう?」

と言った。

その言葉に男はふっと、淡く笑って。

「そう、かもしれませんな」

と、肯定とも否定ともつかない言葉を言った。男は深く腰を折り、甲板をあとにした。

自分も中に戻ろうとしたトトは、その前に海を見渡すように甲板の先に出て、そのまだ先、階層もひとつ下、船の先端付近に人影があることに気づいた。

密談を誰かに聞かれていたかと眉をひそめるが、風の音が強く、トト達の会話はすぐ傍に近寄らなければ囁きにも聞こえないだろう。

そして、海を見つめるその小さな影にはトトは見覚えがあった。

(——ティーラン?)

中の舞踏会場にいるはずの、それは末姫の背中だった。赤いドレスは暗闇の中でもその色を滲ませて揺れている。取り巻きも連れず、一人でひっそりと海を見ていた。

船に酔いでもしたのか、それともいつもの気まぐれか。気まぐれであったとしても、トトは息の詰まるような宴席の苦しさを知っているから、一概に責めることは出来ない。声を掛けに行くべきか、それとも見なかったことにするべきか、遠くからその背をうかがっている間に、時間は過ぎていく。

やはり、下に下りようかとトトが動き出そうとした、その時だった。

「……っ！」

突然、甲板に突風が吹いた。突風は船船の底から揺り動かすようにぶつかってきた。あまりに不自然な風であった。自然界のものとは思えない。まるで、………魔力で起こした、それのような。

トトが風に押されるように甲板を走り出し、振り返る。

ひときわ大きな花火の音に紛れるようにして、淡く光る影が見えた。

（あれは、魔術――――!?）

闇に目を凝らそうとしたその時だった。

球体のような風がトトに襲いかかる。彼女の身体の傍らをすり抜ける際、旋風のような強い力にトトは半回転をして甲板に崩れた。

そして次の瞬間。

「……キャアア！」

細い叫び。束の間《つかのま》の無音、そして、水音。

崩れるように倒れたトトが顔を上げる。目を回しながらも甲板の縁にいたはずの下手人の影を探すが——ない。

吹きすさぶ風の中、海に走る。

白い泡。水面は闇に沈んでいるが、トトの耳には届いている。

もがくような、水音が。

「——……姫さま⁉　姫！　——……ティーラン‼」

トトが暗闇のような海へと叫ぶ。

荒波と潮風、揺れる甲板。これはもう自然の猛威などではないとトトは確信した。天候の操作、嵐を呼ぶ魔術。高位の——……。

思考はけれど現実に追いつかず、今は振り払うしか術はなかった。海に投げ出された薄布のように、暗い闇の底にティーランの赤いドレスが見えた。

「誰か、誰か‼」

トトの周囲でも、人々が集まり、浮き具が投げられるが、あえなく波間に消えていく。ボートの用意も間に合わず、ティーランは波にもまれながら沖へと流されるか、深い海の底に沈んでしまいそうだった。

「ティーラン——‼」

甲板に靴を投げ捨てたのは、無意識のことだったのかもしれない。トトは外套《がいとう》を脱ぎ捨てて、夜の海へと身を投げた。

暗闇そのもののような海は冷たくドレスは鉛よりも重い。肺に入りそうになる海水に咽《む》せながら、トトはがむしゃらに腕を伸ばした。波間にもがく、ティーランのもとに。

袖を引き寄せ腕をつかんだと、思った。しかしその手は払われ突き放される。苦しみのせいかティーランが暴れているのだと、トトにはわかった。

「駄目！　駄目よ、ティーラ……!!」

身体が凍り付きそうだった。けれど、諦めたなら沈むと思った。泳ぎ続けていなければ――……。

ティーランを再び引き寄せ、「落ち着いて、お願い」と声にならない叫びを上げる。

二人波にもまれ、沈みかけたその時だった。

「たす、け……」

トトが喘ぐように囁いた。

「たすけ。て、ホーイ、チ……!!」

次の瞬間だった。

ドン！　と、風と水がぶつかりあう重たい音がした。

吹き出すような水音とともに、落下の浮遊感。肩への衝撃はけれど、恐怖の中で覚悟したよりはずっと軽いものだった。

叩きつけられたのが砂の上だと、気づいたトトは天地の違いも曖昧なままに、顔を上げた。

月が、いつの間にか覗《のぞ》いていた。あれほどの嵐が一瞬のうちだった。雲は晴れ、天が丸かった。

彼女達はそそり立つ海水の壁の中、丸い空間に倒れ込んでいた。

海が割れていた。海水を蹴散らし堰《せ》き止《と》めたのが、強い風の力であると、トトにもおぼろげながら認識することが出来た。円柱の空間をつくり出していたのは他の誰でもない。

宙に浮かぶ、銀の髪の小さな影。

「ホー、イチ……」

「遅い」

苛々と不機嫌な顔でホーイチは言う。その水色の目は不機嫌さのあまりに半開きに据わっていて、心底呆れているようだった。

「遅すぎる、って言ってるんだ」

吐き捨てるように言う。自然のありかたを変えるような、絶対的な力を駆使してもなお、彼は悠然と空にあった。

彼の言葉にトトは目を細める。

「だって、あなた、海が――……」

嫌いだとは、言っていなかったか。

「だから何？　それがどうしたの？　今、ここで、この時に、それがどんな関係がある!?」

憎々しげにそう吐いて、彼は拳を固めていた。肌の色の濃いその顔には、疲労に似た不穏な色が浮かんでいた。そしてまとわりつく海風を振り払うように首を振る。

彼が感情のままに叫ぶたびに、風の防壁が揺らいだが、崩れるような心細さはなかった。

それからホーイチはくしゃりと顔を歪ませた。

「呼んでくれ、ちゃんと。キミは泣き虫で落ちこぼれで弱いサルバドールだ。壊れやすくて、もろくて、すぐに崩れてしまう、やわらかい、人間なんだ」

泣き出してしまいそうな顔だとトトは思った。いつも泣き虫はトトの役目で、なぐさめ役はホーイチだった。

彼は強い強い魔物だ。その彼が、こんなにも怯えているのだ。――トトを、失うことを。

「ごめんね、ごめんなさい。――ありがとう」

浮かんだ涙は海の底に落ちて溶けた。

腕に抱きとめたティーランが、水を吐くような咳《せき》をした。はっとトトが視先を落とす。

「大丈夫!? ティーラン、しっかり……！」

「――……なぁんだ」

黒いまつげを数度揺らして、譫言のように姫君は言った。

「生きて、いるのね……」

「当たり前よ！」

まばたきを幾度かする間に、ティーランはおぼろげだった焦点を合わせ、そしてきつく顔を顰《しか》めた。

「トト……？」

「ええそう、そうよ。わたくしがわかる？」

安堵したようにトトが息を吐きながら言った。

「貴方が、あたしを……？」

ティーランが尋ね、トトは小さく苦笑した。

「正確には、ホーイチが」

「そう……」

そこでティーランは唇の端を痙攣させて、笑うような引きつるような仕草をした。

「結構なことね」

デジャビュのようにいつかと同じ言葉を吐いて、ティーランはトトを跳ね除けるように拒絶した。

「放して。あたしから離れて」

顔を逸らし、言う。

「貴方なんかに助けられるわけにはいかないわ」

単なる我がままではない、固く意志を持った声だった。

「大嫌いだもの、貴方なんて」

低く唸るように言う言葉に、トトはもう一度ティーランを引き寄せた。

「嫌いで結構よ。わたくしだって貴方が好きで助けるわけではないわ」

売り言葉に買い言葉だった。

けれど、ティーランは激しい仕草で首を回し、突然激昂《げきこう》した。

「周りはそうは見ないわよッ!!」

封印布の流れてしまったトトには痛すぎるほどの絶叫だった。ティーランの指先はトトの腕に食い込むほど。

青い顔をしたままで、ティーランは叫ぶ。

「誰もそうは見ないわ、貴方はあたしに取り入ったことになるのよ、手を放して！　あたしを見捨てなさい、神殿から来た外交官さま!!」

目を見開いた表情は老婆のようだった。トトは戸惑いの顔で眉を寄せる。

ティーランは続ける。

「目立つことなどせず、影のように、傀儡《かいらい》のように生きればいいわ」

あたしのようにね。

そう、吐き捨てる、罵倒のような言葉。

けれどトトは決してそれらが蔑みだとは受け取れなかった。じっと彼女の横顔を見る。

「いいこと、貴方の敵はもやは外部だけではないのよ。王宮の中には魔力と権威を同時に持つことをよしとしない人間が大勢いる。サルバドールは王家にかしずくもので、独自の権力など持ってはならない。ましてや外交官だなんて。あなたの任は、この国の総意では決してない」

怒濤《どとう》のようにティーランは一息で言い切った。激情に駆られたような言葉だったが、その内容は、あまりに聡明で理知的だった。十六の少女から告げられるには悲痛なほど。

それから脱力したようにうなだれたティーランは、絞り出した声でこう付け加えた。

「これ以上貴方は、新しい敵などつくることはないわ」

「ティーラン、あなた……」

言葉を失いトトは首を振った。途方に暮れるような仕草だった。

その姿にティーランは笑う。疲れたような、呆れたような、けれど優しい、微笑みだった。

「貴方が嫌いよ、トト。それは本当のことだわ」

その時になってトトは気づく。彼女は夜の海に投げ出され、身をもまれ、海水に責められたというのに。

その瞳には涙のひとつも浮かべることはないのだ。

「貴方が嫌い」ともう一度、確かめるように反復して、ティーランは目を逸らし、そして遠くを見つめる瞳で言った。

「こんなことを、あたしに言わせる貴方なんて」

それでも、トトはティーランの手を放さなかった。

ホーイチの力を借り、船に戻っても、ずっと。

ティーランの手指はトトのそれよりも一回り小さく、指には赤い石が印象的な、古さの際だつ指輪をしていた。

船に戻ると人々が我先にとティーランの元に集まってきた。自分が海に転落した理由について、ティーランは「海底に光るものがあったのよ。何かしらと身を乗り出したら、船が突然傾いで」と胡乱《うろん》な理由を述べた。

ドレスを着替えさせられた二人は、船が岸に戻るまで、別室で休養をとることが出来た。

その場所で、「いいの？」とトトは小声で尋ねる。いいのよ、とティーランは鼻で笑った。

「どうせ、犯人なんて捕まりやしないわ」

諦めたような呟きに、トトはけげんな顔をする。

暗がりのため、ティーランを海に突き飛ばした人間の顔をはっきりとは見ていなかったが、犯人を探すために尽力する用意がトトにはあった。必要あらばホーイチの力を使ってもいいと。

けれど今度こそティーランは笑い、すっとトトの唇に人差し指を当てた。

これ以上言葉を紡ぐことを差し止めるように。

「無駄よ」

ティーランはやわらかなソファにその身を沈める。王宮でない、他に誰もいない場所で見るティーランの表情は、物寂しく、低温でやわらかなものだった。いつものような、強い意志はそこには見られない。年相応の少女のようだ。けれど、その口から紡がれる言葉は。

「駒など捕まえても何の意味もないわ。黒幕を吐かせても同じこと。今日の差し金が何番目のお兄様だったかなんてわかったところで、どうしようもないのよ」

それ以上は有無を言わせない言葉だった。トトには十分だった。予想通りだったと言ってもいいだろう。最悪の、予想通りだ。

小さな末姫。

報復など出来ないように差し向けられている。最初から。

彼女は王族であり全てを与えられた姫君でありながら、まるで剣山の上に立ち尽くすようだ。

「お祖父さまはあたしをいつもその膝の上に置いたわ」

彼女は無防備に目を伏せて、ひとりごちるように幼い頃の話をした。

病床についた祖父は末姫の手を強く握ったのだという。乾いた細い指先だったとティーランは言った。

たったひとりの孫娘を、これ以上ないほど溺愛した。その愛情が彼女を苦しめることがわからないほど、凡庸な王ではなかったはずだが。

彼が一体何を望み何を願い何を託そうとしていたのか、今でもティーランにはわからない。

――我が蝶。

死の床につくまで、彼は孫娘をそう呼んだ。

——我が愛しき黒蝶よ。これを与えよう。

玉座は大きく彼女には遠い。けれど彼女は受け取った。赤い石をした王の指輪を。

細く骨と皮だけになったその指から、ティーランの指へ。

赤い石。

王者の指輪。


「こんなものに、なんの効力もないのに。……馬鹿なお兄様方」

そう言いながらも、ティーランは己の指輪に愛しげに口づけをした。たとえ元凶がその指輪であれ、祖父の愛情であれ、彼女が手放すことはないのだろうとトトは思う。

ティーランの母親、現国王の第三王妃はティーランと折り合いが悪いと聞く。理由は簡単だ。彼女が兄弟の中で一番幼く、そして何より女であったからだ。また、父親である現王も末姫であるティーランとは一線を画すつきあいしかしていない。

もしかしたら祖父は、唯一の肉親であったのかもしれない。

惜しげもなく彼女を愛した、たったひとりの。

「……着いたみたいね」

入港の音を聞きつけてティーランは立ち上がる。

トトの顔を見ずに、開いた扉から出て行くためティーランは歩みをはじめ、トトに向かい一言を投げる。

「礼は言わないわ。……あなたもどうか、あたしを哀れむことだけはしないでちょうだい」

「哀れみはしません」

トトは毅然とそう告げた。

「わたくしはここにいます。貴女が、この国にいる限り、ずっと」

そうしてそっと歩き出す。ティーランの後ろを、離れないように。


「わたくしはここにいます、か……」

クイーンバタフライ号の甲板で、ティーランはいつかのことを思い出していた。

あれはティーランが赤いドレスを着ていた夜のこと。そして今は、真昼に花火を上げながら、真っ白なドレスを身にまとっていた。

今日この豪華客船で行われるのは、ガーダルシアの国をあげた祝祭。末姫の婚礼だった。

晴れがましき婚礼は、異国の要人も数多く来るだろう。本来であれば天国の耳を持つ外交官が賓客をもてなすはずだったが——サルバドール・トトはこの船に現れることはなかった。

彼女は行ってしまった。自分の運命を、自分で見つけて。

「嘘つき」

と、甲板の手すりをなでながら、ティーランは思い出の中の相手に、なじるように言った。

「何か言ったかい？」

言いながら隣に立ったのは、ティーランと同じく、白い礼服を着た男性だった。

「いいえ」

とティーランは彼に答えた。

数々の異国の地位ある男達の釣り書きを渡されながら、ティーランは結局、その誰を選ばなかった。

魔術師であり、外交官であったトトがガーダルシアから姿を消し、王宮と神殿が立て直しのために混迷を極めていた頃、ひとりの男がティーランのもとに現れた。

金の髪、白い肌、青い瞳。はじめて会った時から、美しい男だった。彼は、出会い頭にティーランに言った。

『単刀直入に言おう。君に頼みがあるんだ』

『嫌よ。人の頼みは聞かないことにしているの』

とティーランは中身も聞かずに即答をした。相手の名は知っていたが。頼みの中身なんて、想像もつかなかった。

しかし相手も怯むことはなかった。

『では、提案にしよう』

『なあに？』

『手を組まないか』

『…………？』

そこでいぶかしげにティーランは彼を見た。彼は穏やかに微笑んで。

『この国を手に入れたいとは、思わないかい？』

と囁いた。荒唐無稽な、冗談のような台詞《せりふ》だった。『なんですって？』と思わずティーランは聞き返した。彼の男は、言葉を飾ることの一切をせずに、簡単に言った。

『偉くなりたいんだ』

へぇ？　とティーランは言った。

『それで、あたしに、何をさせたいの？』

その言葉に彼は身をかがめ、彼女の耳元へと唇を寄せた。

『――………女王になって、みないかい』

それはあまりに荒唐無稽な夢物語のようだった。思わずティーランは笑ってしまった。涙が出るほど高らかに笑って、言った。

『サルバドールの天子さまが、こんなに馬鹿だとは思わなかったわ！』

そう、彼はサルバドールの魔術師だった。しかもただの術者ではない。当代きっての魔術の才があるとされ、サルバドールの天子と呼ばれた男だった。名を、サルバドール・ロイド。

今、あらゆる前例と伝統を覆し、異例の若さで尊師の座におさまらんとしている彼はけれど、それを自らのゴールとはしなかったようだ。

その野望のために、ティーランが必要だと言った。

『あたしのことを愛しているの？』

『いいや』

こともなげにロイドは答える。

『あたしのことは可愛い？』

『人並み以上にね』

『あたしは魅力的？』

『君の立場と、そして聡明さは』

鼻で笑ったティーランは小さく肩をすくめる。

『でも、トトの後釜というのはなんだか癪だわ。負けた気がするもの』

彼が、本当であれば伴侶として選ぼうとしたのが、王国の末姫ではなく、サルバドールそのもの、ガーダルシアそのものとさえ言われたひとりの外交官であったことなど、容易に想像出来た。

ロイドはそう言われても、否定することはなかった。

確かに彼女を靡《なび》かせるのは私には無理だった、と冷静にロイドは言った。

『トトに振られたから、あたしにするっていうわけ？』

『いいや、本当は、君の方が都合がいい』

『正直な方ね』

嘲るように笑いながら、言う。馬鹿馬鹿しい、荒唐無稽だと思った。けれど……確かに面白かった。

信じがたい話ではあったが。

もしかしたらとティーランは思う。

未来のことに、一瞬でも、こうして心躍らせたことはなかったのかもしれない。

『……取引ならしてもいいわ』

と、その時ティーランは言った。

『あたしの頭脳とこれまでつちかった最上階級への切り込み方は惜しみなく与えるわ。存分に力になりましょう』

『対価は』とロイドは問うた。

愛などいらない。希望なんてない。

その時の気持ちそのままに、彼女はこの、船上での婚礼までこぎ着けた。

「行こうか」

とロイドがうやうやしくティーランの手をとる。その手には、赤い指輪が光っている。

それは婚礼の指輪では――ない。

この指輪はね、とかつてティーランはロイドに言った。

『この指輪は、お祖父さまから頂いたもの。お兄様方は、この指輪に特別な力が宿っているんじゃないかなんて思っていらっしゃるけれど、この指輪にはそんな夢など詰まっていないわ』

赤い指輪。その石を回すと、いとも簡単に外れた。そしてその底には、白い……結晶が詰まっている。

これは呪いの指輪だとティーランは言った。

『この指輪に詰まっているのは致死量の猛毒よ。いつでも自害が出来るようにと、生きたまま尊厳を辱められることのないようにと。お祖父さまがあたしにくれたものは、そんなもの。あたしはこれを使って、いつだって命を絶つことが出来るの』

だから、と彼女は言った。

かつて。今も。魔力と野心そのもののような男の手を取りながら。

「あたしを」

（守って、なんて、絶対に言わないわ）

「あたしを――……とびきり、楽しませて」

欲しいものが、欲しいから。

そうして彼女は、船の上の戦場に向かう。戦いの日々こそ自分には似合いだとティーランは思っている。

かつての彼女の友は、ここから降りたが。

船の帆が、蝶々の羽ばたきのように、海にはためく。

黒い蝶と呼ばれた、姫君の話だ。

END

A
N
D

なんでも出来ることはすなわちなにも出来ないのと同じことだろうとダミアンは思っていたし、今も思っている。彼は不自然なほどに長い腕と長い足を持っていた。そして器用な細い指と、理知に溢れた頭脳と、ほどほどに整った造作を有していた。しかし彼の中には情熱がなかったものだから、そのどれもが大きすぎる鍋の蓋のように、使えなくはないがたいした利点ともならなかった。

そんなダミアンが綱渡りの職業を選んだのは、それなりの必然であったような気がするし、ただ生き急いでいるだけにも見えたことだろう。

音のしない靴で走る王宮の廊下は、澄んだ静寂だった。苦労して手に入れた王宮の平面図は全て頭の中に入っていたから、彼はそれをつま先でなぞっていくだけでよかった。古い歴史のあるその国、ガーダルシアの王宮が、今日の彼の仕事場だった。

目的の品物に繋がる錠は三つ。そのどれも、細い針金と丹念につくられた合い鍵で開くことが出来た。彼の準備は万全であった。その日王宮では各国の来賓が集まる、盛大な夜会が開かれており、内部の警備が手薄になっていることもダミアンはわかっていた。

ダミアンの目的はガーダルシアの秘宝。それは、王宮の中でもひときわ高貴な女性の寝室にあるという。

ダミアンは名もなき盗《ぬす》っ人《と》だった。

これまでいくつか盗みをはたらき、そのどれもそつない成功を収めてきた。かつては窃盗団のような組織に所属していたこともあったが、集団の流儀は彼の肌に合わなかった。

『ダーミアーン……またお前は王族だとか一流貴族だとか……。もっと楽に盗《と》れる場所があるだろう？』

かつての同僚はそんな風に、彼を横目で見たものだった。

『上がりは大きいかもわからんが、手間もかかるしリスクだって高い。スマートな金儲《かねもう》けとは思えんね』

その意見には、ダミアンも全面的に賛成だった。「スマートな金儲け、ね」と口の中だけで回想相手に嘆息をもらす。

たとえば街道で旅の馬車を襲って身ぐるみを剝ぐ方が、利潤を考えれば幾分かスマートなのかもしれなかった。その行為を批難する正義感があるわけでなく、出来ないとも思わない。ただ、そう、あまり肌には合わなかった、それだけだった。

重たく冷たい黄金の塊。

まばゆい宝石の連なる王冠。

魂の込められた絵画。

彼が手をつけてきたいくつかのもの達。

それらは生活臭の染みついた硬貨よりも幾分か肌に合ったものではあったが、手に入れたからといって充足が得られることはなく、すぐに薄汚い硬貨に換金してしまうことがほとんどだった。

なにをしたいのかと問われることがある。なにをしたいのかはわからない。ただ、なにもしないで生きていくというわけにもいかないから、彼は怪盗を続けていた。

寝室の奥の隠し部屋へと足を踏み入れた時点で、ようやく彼は肩の力をわずかに抜いた。月のない夜だ。星の光だけが、その狭い部屋に小さく射していた。闇色の服に、わずかにカールのかかった同色の髪。同色の瞳で、彼は目当ての秘宝に視線を滑らせた。

外交の盛んなこの国には豪奢な宝があるに違いないと思っていたが、それよりも彼の食指を動かしたのは一風変わった魔道具だった。ガーダルシアにはサルバドールと呼ばれる魔術師の集団があり、国を挙げて魔術に対する造詣が深い。その系譜に属する秘宝であることは間違いなかった。

鳥籠のように小さな銀の檻が見えた。他には書棚ぐらいしかない隠し部屋だったから、迷う必要はなかった。

（赤い）

最初に受けた印象はその程度だった。その程度の印象しか残らぬほど、変哲のない秘宝だった。耳飾りであると、話には聞いていた。確かに、それは耳飾りの形状をしていた。大振りな、細長い石の耳飾り。ガーネットだろうか。ダミアンには魔力もなかったものだから、魔術的に見てどれほどのものかもわからなかった。

ただ、引き寄せられる引力のようなものを感じた。

恐れていたほど、封は厳重ではなかった。むしろ、あまりに簡単な錠しかかけられておらず、いくつもの解除道具を用意していたダミアンは肩すかしをくらったほどだった。

（ダミーか？）

そうも思えなかった。闇に映えるこの赤は、確かに意志の強い人間に「見初められてきた」深みだ。ダミアンは自分の審美眼を信じていたし、それさえも信じられなくなったらこんな稼業は廃業だ。

指を伸ばす。ぱちりと、電流が走ったような気がして、慌てて指先を震わせるが、それさえも気のせいであったのか、それ以上の変化はあらわれなかった。数度、爪の先で石をはじくと、思い切って耳飾りを手に取った。

それはあっけないほど簡単にダミアンの大きな手におさまった。嘆息をひとつ、他の宝飾品には目も向けず、隠し部屋の扉を開けた、その時だった。

「いい夜ね」

美しい声がした。闇の中で、声の主は、音もなく部屋の入り口にたたずんでいた。

ダミアンは目を見開いた。彼に出来た行動などそれくらいで、あとは一瞬、死を覚悟し、そして同時に殺しを覚悟したぐらいだった。

人影は女の形をしていた。その声もまた。

「想い人の部屋に忍び込むにはうってつけの、いい夜だわ。御用向きを聞いてもよろしくて?」

ガチリ、と重い不穏な音がした。背後の扉の隙間から、廊下の灯りがもれていた。

女はダミアンと同じ黒い髪に黒い瞳、そしてその手に舶来の小型銃を構えていた。

「ごめんなさいね、あたし、射撃の腕は三流なの。きっと取り返しのつかない場所しか撃てないけれど、許してね」

美しい声は甘くつややかで、その声色は微笑みさえ滲ませているようだった。

「――……不得手である方が女性は可愛らしいと思いますよ、そんなものはね」

逆なでをしないようにゆっくりとダミアンは言い、両手を上げた。女の隙を窺いながら。

女の出自に心当たりはあった。彼も誰の寝室に忍び込んだのか、自覚はあったという
ことだ。
ここは王族の中でもとびきり高貴な人間の部屋であった。現ガーダルシア国王の妹君
にして、王女という身にありながらこの国の魔術師集団、サルバドールの尊師に嫁ぎ、
子供のない現王に代わり、彼女の産んだ第一子が一番玉座に近いと言われている――。
ガーダルシアの黒き蝶々。すでに王母とさえ呼ばれる、彼女の名はティーラン。
ちらりと視線をあわせる。
美しい姫君であり妃《きさき》であり王母であると、ダミアンは思った。薄暗がりの中でさえ、
その気品に圧迫される。
その寝所への侵入である。これは打ち首晒《さら》し首《くび》……と悠長に思ったその時だった。
「あら、あなた」
虚を衝かれたような、姫君の声。
「なんてものを、持っているの？」
弱々しく上げた彼の手には今し方拝借したガーダルシアの秘宝がおさまっている。き
らりと耳飾りが赤く光った。それを目にした女は、呆れたような目で彼を見たのだった。
「あなた――物盗り？」
「ええ、泥棒の腕は、三流ですがね」

皮肉げに笑ってダミアンは言う。女は笑わない。ただ、呆然とこう呟いた。

「あなた、それに触れたの……？」

彼女の困惑はそのままダミアンにうつり、彼は軽く首を傾げることでしか返答出来なかった。

「そう……なんてこと……」

言いながらティーランは軽く目を伏せ、そしてあろうことか、右手に持った銃さえも下げた。好機かもしれない、とダミアンは思う。彼女に襲いかかるなら今だ。今しかないかもしれない。けれど、彼はそれよりも、彼女の紡ぐ言葉の続きの方に興味を持ってしまった。

次にティーランが顔を上げた時、その顔には、かすかな、けれど何かを決めた確かな笑みがあった。

「盗っ人さん、お名前は？」

「――――あいにく、下衆《げす》の名しか手持ちがありませんよ」

その答えにティーランは笑った。

「名もなき怪盗というわけね、結構だわ」

そして元姫君はふさりと優雅に傍らのソファに腰を下ろした。灯りもつけず、銃を手にしたままで。

「ねぇ紳士的な怪盗さん。突然で申し訳ないのだけれど……あなた、頼まれてはくださらない？」

笑うところか戸惑うところか、ダミアンにはわからなかった。ただ、彼女の黒曜の瞳を見るだけで。

「その耳飾りはね、あたしのものではないのよ。あたしの部屋の奥に匿《かくま》ってあるのだけれど、あたしのものどころか、ガーダルシアのものでさえないのだわ」

うたうような言葉はダミアンを惑わすように耳に触れる。燃えるような魔除けの耳飾りが、ダミアンの手の中で熱を持っているようだった。

「それはね、盗品なのよ」

ティーランの、その告白はまるで予想外のものだった。ダミアンはいぶかしげに眉間の皺を深め、続きを待った。

「盗品なのよ」と彼女はもう一度反復した。

「なのに、強突く張りな老いぼれ方は、我がもの顔で決して手放そうとはしないから。それを、本当の持ち主に返してちょうだい？」

「本当の持ち主……？」

問いかけのつもりでダミアンは呟いた。

答えのつもりでティーランは笑った。

「耳飾りが教えてくれるわ」

結局、彼女の言葉は困惑以外をダミアンに与えなかった。けれどもそれで十全だというように、元末姫は優雅に微笑むのだった。

「百数えたら兵を呼ぶわ。名もなき怪盗さん。どうぞ頑張ってちょうだいね」

そして彼女は廊下への扉を開き、こう囁いた。

「――――三百年の呪いが、あなたの祝福となりますように」

†

むせかえるような緑と太陽のにおいがしている。

夜だというのにたいまつにくべられる空気は水のような芳醇《ほうじゅん》さだった。

炎を挟み、多くの老人と若い娘が向かいあっている。

老人達は煙を吸う合間、口々に歌を歌っている。異国の言葉、異国のメロディー、もの哀しいその旋律。

十度の雨期を越えたなら、彼らの村に大祭がやってくるだろう。

(理解をしてくれるね、栄光の娘よ)

耳に触れる老人の言葉は知らぬもの。しかしその意は確かに示された。

そして娘は是と答えた。

さだめの年に生まれた病弱な娘は、さだめのままに、その身を神に捧げる約束をした。

(けれどひとつだけ)

娘は乞う。

(ひとつだけ、私の願いを)

か細い声でそう言い、胸に抱いたあたたかな布を静かに抱き寄せた。

(この子を——……どうか、アベルダインを)

†

意識の覚醒と同時にばねのように身体を跳ね起こした。

ダミアンは暗闇の中でその目を見開き、現実の味を噛みしめる。強い潮のにおい、不自然な地の揺れ。

ガーダルシア港を出た客船の、三等客室の雑魚寝が、確かな現実だ。

(夢……?)

その現実を何度も確かめてしまうほど、あまりに生々しい夢を見た。

自身の胸元をつかめば、そこに赤い秘石の感触。なぜだろう、幾重もの布越しだというのに、そこに熱を感じてしまうのは。

成功したのか失敗したのかわからない奇妙な仕事の後味を嚙んで、その夜は結局、薄暗い船舶の中眠ることが出来なかった。

「ひどい顔色だねぇダミアン」

と馴染みの店の主人は言った。

「仕事でへまでもしたのかい」

あながち間違いでもなかったから、ダミアンは彫りの深い顔を渋面にした。二十代も半ばの、精悍《せいかん》というにはいささか気むずかしげな顔だった。それらしい服を着ていれば、学者や研究者という肩書きが似合っていたことだろう。

対する転売屋の主人は初老を過ぎた小柄な男で、皺にまみれた顔に小さな眼鏡をのせていた。

「引き取ってもらえるか」

胸元から布袋を取り出し、中のものを台の上に出す。昼間でも薄暗く煙たい店内に赤い光が射した気がした。

主人が小さな目を細める。

「本当に盗ってきやがったのか」

「一応、な」とダミアンは歯切れの悪い返事をする。店主は頭を振りながら長いため息。

「ったく手前みたいにありがたみのねぇ賊が腕だけ立つっていうのは、世の中毒にも薬にもなりゃしねえな……」

その愚痴にダミアンは軽く肩をすくめた。全く同感だった。

「本物か」

「そのつもりで盗ってきた」

ふん、と店主は鼻を鳴らし、拡大鏡を持って耳飾りに触れようとした。

と、突然軽い火花とともに、店主の手がはじかれる。

「！」

驚いたのはダミアンも同じだった。

店主の皺まみれの指先は赤く爛《ただ》れている。

「平気か」

低い声でダミアンが尋ねると、店主はさほど気にした様子もなく、小さな眼鏡をかけ直した。

「そりゃまあ……この程度で慰謝料を請求したりはしないがね……」

物騒な代物だと、老人が商人の目になった。

ダミアンは眉間に皺を寄せると、爪の先で同じように赤い石に触れる。

「……なんとも、ないな」

彼が触れると秘石はなんの変化も見せなかった。拒絶をやめたような反応に、「生娘みたいに嫌味なお宝だねぇ……」と店主は呟いた。

「どうする。しばらく調べてみるが」

「いや、預かってくれ。金はあとでいい」

頑なな言い方に、ちらりと店主は眼鏡の奥からダミアンを見た。盗ってきたものに執着がないのは相変わらずのことだったが、その様子がわずかに違ったのかもしれない。

ダミアンはため息をつきながら、「薄気味が悪いんだ」と嘯《うそぶ》いた。

もう一度鼻を鳴らした店主はそのままゆっくりと、秘石を布ごと持ち上げ奥にしまう。

「二、三日したらまた来る」

すでに半身を翻したダミアンが言うと、その背に店主から声がかかった。

「――あぁ、お前さんの美人な妹が、ご立腹で探しに来てたぞ。早く顔を見せてやれ」

振り返ることはせずに、彼は途端渋い顔になる。

今一番会いたくない人間の話だった。

ダミアンが現在住んでいるといえる街の港は、ガーダルシア港よりも二回りは小さく、貿易港とは言えないが、旅人の多く訪れる一見平和な街だった。

歴史の浅い街だが、それゆえ外界の人間を許容出来る懐の広さを備えている。善人と悪人が一緒になって一息をつくような空気が、そのどちらでもない彼にも住みよかった。

二部屋だけの簡素な宿屋への帰路についていたダミアンは、旅人が行き交う道で足を止めた。

「…………」

広い道の端で数名の男たちが集まっている。中心には露店に座った人間がいた。箱に布を敷いただけの椅子に腰かけていた。そして幾重にも重なった薄布の下にある小さな肩幅が、彼女を女性であると伝えていた。女の持ち物は古い書物と台にのせた決して大きくはない水晶。そして頭の上からかぶり布をしていたが、横からわずかに垂れた髪は見事な銀。手は染みひとつない白さだったから、否応《いやおう》なく人の興味を引くだろう。物売りとは思えない雰囲気と、不躾《ぶしつけ》な期待で。

数名の男達もそんな風に彼女に声をかけたらしかった。

「いいだろう、占い師のねぇちゃん、こんなしけた客引きしてても楽しいことはなんもないぜ？」

「俺達と一緒に楽しもうじゃないか」

占い師といわれた女はそこで右手の手首をつかまれた。

道に立ちすくんだまま様子を見ていたダミアンが不快げに眉を寄せる。しかし彼は動こうとはしなかった。

「なぁ！」とひとりの男がその腕を引くと、ぱさりと彼女のかぶり布が落ちた。

その瞬間だった。男達が思わず息を呑んだのが、傍目《はため》からもはっきりとわかった。

女は若かった。まだ少女といっても差し支えのない年だろう。しかし幼さを感じさせないほど、その目鼻立ちは整いすぎていた。行きずりの男達が言葉をなくすまでに。銀の髪は絹よりも鮮やかに流れ、腰の辺りで切りそろえられていた。首筋の白さは陶器のようであったし、榛《はしばみ》色の瞳にも銀のまつげが彩られていた。完全に整った唇が、やわらかく動く。

「声が聞こえる」

その声は決して大きくはないのによく通った。琴の音のような声だった。

男達がぎょっとしたように身体を引く。

占い師の娘はその中で誰も見ず、榛色の瞳で宙を見据えて、歌うように言った。

「老婆よ。これはだあれ。老婆が泣いている。ねえ、あなたがたのうち、誰を呼んでいるの？」

神依《よ》りのような娘の言葉に男達が困惑を見せる。「なんだ、老婆って……」という言葉が上がるが、その中で、ひとりの男の様子が変わった。

みるみる青ざめ、脂汗が浮かぶ。

つい、と娘がそちらを見ると、男は激しく動揺したように肩を震わせた。

「あぁ」

吐息のような娘の言葉。

「夜ごとに、あなたの、内臓を食べているのね……」

次の瞬間、響き渡った奇声は男のものだった。

「う、うわああああっ!!」

青ざめた男は後ろを振り返ることなくその場を駆け去り、残された連れも慌ててそのあとを追う。嵐のような喧騒が去り、何事もなかったかのように、道には人の流れが戻っていった。

占い師の娘は軽い仕草で、つかまれた手首の埃《ほこり》を払うように息を吹きかけた。それもまた神聖な儀式のようであったが、いつの間にか傍らに立ったダミアンは呆れ顔に目を細めて、

「相変わらず虚言に精が出るな、ミレイニア」

と吐き捨てた。

ミレイニアと呼ばれた占い師の娘は、椅子に腰かけたままでちらりとダミアンを見上げることもせずに、「ええ、そうよ」とすげなく答える。

「兄さんも泥棒稼業に精が出るようね」

冷たく言い放たれたその語尾の機微を読み、ダミアンが渋面になった。

数日前、彼は彼女に一言も告げずふらりとガーダルシア行きの船に乗った。心配をかけた云々《うんぬん》よりも、面白そうな旅行にひとりで行ってしまったことにミレイニアは不満なのだった。いつものことではあるが、だからといって慣れるわけではない。不機嫌になった妹の扱いは彼の得意とするところではなかった。

この、あまりにも似ていない二人の「兄妹《きょうだい》」という看板は、もちろん便宜上のものだ。二人の間に血の繋がりはない。

二人は一時同じ孤児院に暮らし、そして同時に孤児院を出た。駆け落ちをするほど情熱的な間柄ではなかったから、年齢が上であるダミアンをミレイニアが「兄さん」と呼んだのは、至極当然な、ただの成り行きだった。

兄は盗っ人になり、妹は街角で占い師の看板を掲げた。

そんな生活を続けてもう数年が経とうとしていた。

「……あまり物騒な人間相手に商売をするな」

相手の機嫌の悪さを判《わか》った上で、それを直す術を持たないダミアンは、当たり障りのない小言で誤魔化すことにした。

聞き飽きた小言であるのか、ミレイニアは柳眉を上げてくすりと笑んだ。

「あら。商売はこれからよ」

は虫類を彷彿とさせる眼球を動かし、ダミアンはミレイニアをねめつける。続きを促すように。ミレイニアは自分の水晶をなでながら、口を開く。

「今逃げたあの方、きっともう一度相談にやってくるわ。今度はたっぷりお代を頂くつもり」

自信ありげなその様子に、ダミアンは閉口し、嫌々ながら尋ねる。

「老婆、というのは」

「ああいったごろつきならひとりくらいなんらかの因縁を持っているでしょうね」

「……内臓、というのは」

「兄さん見た？　あの人の唇の端。胃のやられやすい人って大変よね」

「…………」

神に近しい、という表現をしても決して不遜ではないほどの美貌を持った彼の妹には、小さな頃から不思議な能力があった。少なくとも、孤児院に来た頃には、すでに。

人の見えないものが見え、人の聞こえないものが聞こえるというその力は大層なものなのかもしれない。けれどダミアンはほとんど信じていなかった。

なぜなら、彼女の虚言癖は兄である彼が一番よく知っていたからだ。

確かに不思議な雰囲気を持っていることは事実であるし、第六感がさえていることも認めるが、彼女は嘘をつきすぎる。そして繊細な容姿とは裏腹に、性格はとてもおおざっぱで剛胆だ。

魔術が使えるわけでなくダミアンのように腕力があるわけでもないが、ミレイニアはミレイニアなりに、荒波の中を泳ぐ術を知っている。だから兄はあまり妹の心配をしていなかった。

「それでダミアン兄さん、今度の獲物は？」

話をしている間に彼女の機嫌は直ったようだった。長身な兄を見上げ微笑むミレイニア。

ダミアンは目を逸らしてため息をつく。

「もう預けてきた」

「どうして？」

ミレイニアの声は少し驚いているようだった。ダミアンに獲物に対する執着がないことはミレイニアも知ってはいたが。

「いいだろう、帰るぞ」

上手く説明が出来ないので、うやむやのまま終わらせようとしたダミアンだったが、くい、と服を引かれる感覚に気づいて、視線を落とした。

いつの間にか立ち上がっていたミレイニアがダミアンの服をつかみ、その榛の瞳でじっとダミアンを見上げていた。

そこに表情はない。彼女はまばたきもせずに、ダミアンを見、そしてダミアンの背後にある何かを見るような不思議な目つきで、囁いた。

「……女。これは、だあれ？」

ダミアンの目が見開かれる。

まさか、と思った。

けれど次の瞬間、ミレイニアは興味をなくしたように肩をすくめて、「なんてね」と薄く笑った。ダミアンを見ずに。

ダミアンはそこで、今のやり口がついさっきのペテンと同じであることに気づいて、ひどく疲れたため息をついた。

「虚言だな？」

「ええそうよ」

躊躇いのない返答。これだから、とダミアンはミレイニアに呆れ、彼女を置いて歩き出した。

「戻って先に休む」

返答は聞かなかった。一仕事終えた疲労が、身体全体に襲ってきていた。そしてダミアンは振り返ることなく、ミレイニアとともに間借りしている部屋に向かって歩く。

ミレイニアは答えず、ただ彼の背を見つめた。

その長身の背が見えなくなるまで、そして見えなくなってからも、じっと道に立ちつくしたまま、厳しい瞳で睨み続けただけだった。

†

女は指に針を刺す。肌の色の浅黒い女、その指の腹は白かった。

ぷっくりと指の先に血が浮かぶ。

子と繋ぐ指に。料理をする指に。縫い物をする指に。

辺りはまた夜。風のない夜のこと。獣の声だけが、外から聞こえる唯一だった。

彼女は微笑んでいる。微笑みながら歌っている。大地について歌っている。大きな河について歌っている。雨と炎について歌っている。そしてそれら全ての眠りについて歌っている。

自らの幼子の子守歌の代わりに、まじないの歌を歌っている。

流れた血はまじないになる。

それは一族の中でも女だけが行うことの出来る呪術である。女の中でも母だけが行える秘蹟《ひせき》である。

白く濁った水晶が赤い血を吸うだろう。その魔力を吸うだろう。

子を守るために。子を生かすために。

女は夜ごと、指に針を刺す。子守歌を歌いながら。赤い石を創り出すために。

微笑んでいる。幸福である。

たとえ贄《にえ》の刻限が迫ろうとも。

†

ダミアンは自らの声で目を覚ました。雄叫びとともに半身を起こし、握った拳は冷たくなりながらも汗が滲んでいた。

肩で息をする。窓からは月の光が射すだけだ。一番慣れた固いベッドで休んだはずだった。確かに辺りは夜になっていた。

この世界でも、また、夜だ。

思考を振りきるように自分の頭を揺すった。ここにはむせ返るような緑のにおいも水のように芳醇な空気もない。ないはずだ。

「兄さん？」

小さく扉が二度鳴った。わずかに押し殺した、ミレイニアの声だった。

「兄さん、どうしたの、開けて」

ダミアンは何度か深く息を吸い込み、吐き、ようやく扉を見て言った。

「……いや、なんでもない。寝ていろ」

隣室まで届くほどの叫びだったかと、苦い思いでそれだけ告げると、扉の向こうはしばし静かになった。しかし立ち去る音もせず、耳障りな金属の音。

次にドアノブが回り、あろうことかミレイニアが現れるに至って、ダミアンは呆けたような目で相手を見た。

「な……」

「大丈夫？」

などと言いながら近づいてくるミレイニアは夜着を着てはいなかった。昼間会った時と同じ格好で、かぶり布はない。長い銀の髪が背中に流れていた。仕事から戻ったばかりなのかもしれない。思わずダミアンは真顔で聞いた。

「なぜ入れる」

「あらだって」

きょとんとしたようにミレイニアは答える。

「兄さんはいつも黙って外に行くんだもの。可及的速やかに鍵が必要な時があったら、どうするの？」

その手に光るのは銀の小さな鍵。きらめきは違うが、その形はダミアンの持っているものと同じだ。

「お前、いつから……！」

「まあまあ野暮は言わないで。愛らしい妹が就寝の挨拶に現れたとでも思って」

「俺にそんな挨拶の習慣はない」

止《や》まない頭痛に苦しむように拳を額に当てると、ひとの話を聞かないことが特技のひとつである彼の妹はその手に目を留めた。

「兄さん、なにをつかんでいるの？」

問われたダミアンは拳の手の中に突如異物感を覚え、動きを止めた。

冷たくなったその拳。ゆっくりと指を開いていくと。

ボトリと、それはベッドのシーツの上に落ちた。

ダミアンは息を呑む。月明かりを浴びて鈍く輝くそれは、確かに馴染みの店に預けて来たはずの、あの秘宝だった。

彼が息を止めている間に、ミレイニアの白い指が伸びてきた。

「触るな!!」

思わずダミアンは叫んでいた。ミレイニアは驚いた様子はなく、視線を滑らせてダミアンを見た。ダミアンはきつく目を閉じて、開いた手のひらで自分の顔を覆った。

「触るな、これは……」

喉が詰まり、続く言葉が出なかった。

「これは、今度の?」

問いかけは曖昧だったが、意味を測れないほど言葉足らずではなかった。その意がわかったからこそ、ダミアンは答えることが出来なかった。

「部屋に戻れ。……寝るんだ」

「兄さんも」

ミレイニアはそう言い、自身の目元を覆ったダミアンの手に自分の小さく滑らかな手を重ねた。ほんの一瞬だが、やわらかなその温度が伝わる。

ダミアンはその手を振り払うことはしなかった。

「おやすみなさい、ダミアン」

手が離れていくとともに、歌うようないつもの声と、滅多に使わなくなったその呼び名。静かな足音。ご丁寧に外から鍵をかけていく音もして、ダミアンはようやく肩の力を抜き、再び目を開けることが出来た。

ベッドの上には、やはり赤い耳飾り。触りたくもないという思いが頭をもたげるが、ゆっくりとそれを持ち上げると、横の戸棚に置いて、どうにか身体を横にした。

いっそのことこちらの方が夢であったらと思い、否それこそが悪い夢だと、彼はひとり、絶え間なく続く夜に悪態をついた。


明くる日朝早く、馴染みの店に行こうとしたダミアンの背後にするりとミレイニアがついた。

頭部が小さく、その頭身のせいで背丈があるように見られるが、ミレイニアは全体的に小柄である。ダミアンは背も腕も足も、アンバランスに伸びすぎたという風体だから、二人が並ぶと頭二つ分はゆうに差が出る。

「ついてくるな」

「どうして?」

その不思議な榛の目が真っ直ぐにダミアンを見つめる。ミレイニアは人の話を聞かないくせに、行動の理由をいつも求める。ミレイニアのように口上の達者ではないダミアンが困惑し、折れることを見透かしたように。

彼はいつものようにため息をついた。諦めることはそれなりに得意だった。

店の主人は朝早く現れた二人に、眼鏡の奥の丸い目をより一層丸くした。

「どうしたい。金の催促というわけでもあるまいに。昨日の代物、やっぱり惜しくなって取り戻しに来たか」

「そのことだが……」

ダミアンは自分の胸元を軽くつかんでから、「昨日の品をもう一度、見せてくれないか」と呟いた。ミレイニアは黙ってカウンターに肘を置いている。

主人は「構わないがね」と言いながら、鍵のかかった戸棚を開いた。

「ん？　んん？」

ほ乳類の鳴き声のような疑問符に、ミレイニアが悠々と声をかけた。

「ないんでしょう」

「なんで……」

と振り返った店主は、ダミアンが胸元から耳飾りを出すのを見届けて、口を半開きにした。

「どういうことだ、こりゃあ……。ダミアン、あんたいつから奇術をはじめた？」

「どうもこうも……」

「この耳飾り、自分で帰ってきちゃったみたい。よっぽど兄さんが気に入ったのね」

茶化すというほどでもないが、真剣とは言いがたい雰囲気でミレイニアが言った。

「気に入ったって……」

皺の寄った顔に困惑を浮かべて、思わずといったように店主は言う。

「呪われたの間違いじゃないかね」

「冗談じゃない」

思わずダミアンは吐き捨てていた。洒落《しゃれ》にもならない話だ。

「ねぇそもそもこれ、どこから盗ってきたの？」

ミレイニアの言葉に、ダミアンは店主と顔を見合わせる。店主の顔には「それさえ言ってないのか」と書かれていたし、ダミアンの顔には「そこまで言わなければならないのか」という文が読み取れた。二人の注意を引くようにコンコン、とミレイニアがカウンターの天板を美しい爪で叩く。

ダミアンがまたため息をつき、「ガーダルシアの王宮に入ってきた」と白状した。

「ガーダルシア？」

ぴっと上がった眉が彼女の驚きを告げていた。

「そんなところまで行ってたの⁉　私を置いて！」

だから言いたくなかったんだ……とダミアンはもとより愛想のよくない顔を渋面にす

る。

ガーダルシア港といえばこの街の小さな港とは比べものにならないほどの貿易船が行き来する街であるから、たいした特産品がなくともその市場だけで十分魅力的なのだろう。

これ以上の嫌味を回避するために、ダミアンは無理矢理言葉を繋げる。

「ガーダルシアにはサルバドールという魔術師一族がいる。知ってるな？」

「ええ」

ガーダルシアのサルバドールは、ともすればその貿易港よりも有名な存在かもしれない。血ではなくその知識によって結ばれた古き伝統ある魔術師団だ。

「そのサルバドールに伝わるという秘宝が、王族の部屋に隠されていたんだ。なんで神殿じゃなく王族が持っていたのかはわからないが……」

言いながら、あの貴婦人の采配かもしれないと、根拠のないことを思った。彼女は秘宝がサルバドールの手にあることをよしとしない風情だった。また、ミレイニアに近い、頑なさも持っているようだった。それに見合う手腕もまた。

「とにかく、そこから盗って……ああ、盗って、きたものだ。これ以上詳しいことは俺も興味がなくて調べなかった」

「ずいぶんいい加減ね」

呆れたようにミレイニアが言う。「いつだってそんなもんだ」とダミアンは取り合わなかった。

言葉を繋いだのは店の主人だ。

「曰く付き、の代物だってことには、間違いないがね」

古い本と拡大鏡を取り出しながら、彼は言った。

「確かにこいつは強い魔力の……しかも、魔除けの力を持っているらしい。だが、サルバドールの創り出したものじゃあないようだ。伝承の物語だが……古い書物には確かにその記述がある。ダミアン、ガーダルシアの人喰いについて聞いたことは？」

「人喰い？」

ダミアンの代わりにミレイニアが言った。

「もう十年以上も前に滅ぼされた、ガーダルシアの魔物でしょう。人を喰らい、絶大な魔力を持った邪悪な魔物で、彼を従えた魔術師は、サルバドールの中でもひとりだけだって……」

ダミアンには初耳だった。もしかしたらどこかで聞いたことがあったかもしれないけれど伝承としては、ありきたりな部類だ。

店主はうなずく。ダミアンは不審げに眉を寄せた。

「その魔物が、この秘宝に関係しているのか」

「関係しているもなにも、……お前が盗ってきた代物は、ガーダルシアの人喰いのもの――」

書物を紐解《ひもと》きながらそこまで言って、店主は静かに言い直した。

「いや、正確には、ガーダルシアの人喰いの、最初の犠牲者のものだ」

ダミアンは薄く開いた唇から、乾いた息を吐いた。

嫌な予感が、した。

赤い耳飾りを見下ろす。血の色をした鮮やかなそれ。そこに封じ込められたものは、魔力だけか？

（それを、本当の持ち主に返してちょうだい）

彼女はそう言って笑いはしなかったか。ガーダルシアの美しい尊妃は。

「……その、犠牲者の、名前は」

ダミアンの掠れた問いに、店主は軽く視線を落とし、文献をたぐる。

しばらくの沈黙のあと、彼は眼鏡を小さく直し、静かに言った。

「三百年の昔、人喰いの魔物は最初の犠牲者の身体と魂を喰らい、その形を手に入れた――。少年の姿とともに、魔物が一時受け継いだ名は」

これは現だとダミアンは思う。

夢ではない。この場所が現。そのはずだと。

けれど老いた店主はその名を告げた。

「アベルダイン、と記されている」


馴染みの店の元から帰宅しベッドに倒れ込んだダミアンは、まだ手の中にある赤い耳飾りを忌々しげに投げた。

カシャリ、とベッドの下に落ちる音。やはり置いてくるべきだったと、ダミアンは思う。帰り際、引き取れるかと店主に問うた時、難しいなと答えたのは相手の方だったが、折れずに押しつけてくるべきだったのではないか。もちろん、手の中をすりぬけていく宝に値段などつけられないことはわかっていたし、押しつけたところでまた戻ってきてしまうのでは、意味がない。

ダミアンが尊妃と交わした会話を聞いたミレイニアは、「無理じゃないの」と一蹴した。

「だって、ガーダルシアの人喰いは滅びてしまったのでしょう。持ち主の少年は人喰いに殺され、人喰いさえも滅んだのなら……」

一体どこに返すのかとミレイニアは言った。「待て」とその言葉を止めたのは店主だ。

「この記述が間違ってなけりゃ……人喰いのアベルダインが唯一従ったという魔術師はまだ存命だ」

十年以上前とミレイニアは言ったが、確かに、まだ当時を知る人物はいるはずだった。

「でも、それもサルバドールなのでしょう。まだガーダルシアにいるかしら？」

「いや、記述によれば人喰いの魔物の消滅とともにサルバドールと縁を切り、国を出ている。魔術師としてよりも、外交官としての名の方が高かったようだが……」

そこで会話を止めたのはダミアンだった。それ以上を聞いたところで、義理人情で人探しをする気は、ダミアンにはなかった。相手がどこの誰ともわからないのであればなおさらだ。

納得のいかない顔のミレイニアを置いて店を出てきた。

適当に力のある魔術師に引き取ってもらうべきだろうとダミアンは思っていたし、その算段をしはじめていた。虚言癖のある妹を持つダミアンは、魔術師や占い師に良《い》い印象を持ってはいなかったが、そういった生業が成立するということは彼の中でも折り合いがついていた。彼には彼なりのつてがあり、どうにかなるだろうと楽観視している。

理不尽な悪夢を見るだけだ。ただそれだけのことだった。

悪夢は忘れてしまえばいい。

押し寄せる漠然とした不安感にあえて立ち向かうかのように、ダミアンはきつく目を閉じた。

†

緑の中で泣き声が響いている。

悲鳴のような、叫びのような泣き声である。

彼女は自らが呼ばれていることがわかっていた。たとえどんな嵐の夜であっても、その泣き声を聞き分けることが出来た。

森の奥で幼子が泣いている。まだひとりで歩きはじめたばかりの彼女の息子が泣いている。

（さみしかったのね）

突然姿を消してしまったから。

（大丈夫よ）

ほんの少し離れただけでこうして火がついたように泣き出す我が子を、愛おしいと彼女は思っていた。手がかかればかかるほど、たまらなく。

（ママはここにいるわ）

抱きしめ、なでて、優しく囁く。

涙の声と心臓の音だけに耳を傾けるように目を閉じて。

(ここにいるわ、あなたのそばにいるわ)

たとえ、遠く、離れたとしても。

いつかそう遠くない将来に、この身と魂が引き裂かれ、その目にうつらなくなったとしても。

(私は嘘はつかない)

誓いのしるしをあなたにあげましょう。

赤い赤い耳飾りを。生命と魔力を注《そそ》ぎ込んだ耳飾りは、きっとあなたを守るでしょう。

自分の姿をのぞくたび、どうか私を思い出して。

(だから泣かないで、アベルダイン)

いつまでも私が、そして私の代わりにこの耳飾りが、ずっと、ずっと傍にあるから。

†

夜の入り口で目を覚ました時、ダミアンはこれまでのように動揺してはいなかった。

虚ろな瞳でベッドから降り、ガーダルシアから戻ったそのままにしていた旅の荷物を手にとった。彼の荷は二つ。旅の雑品と、職を問われた時のための、古いリュート。

そして胸には赤い耳飾りをしまって、あるだけの金貨を袋に詰めて、それで用意は終《しま》いだった。

鍵をかけることもせずに部屋を出る。

月が白から黄色に変わり、あわく紅色をしていた空に墨が流されている。

東へ行かねばならないと彼は思う。

ダミアンにはわかる。東だ。

「――………兄さん？」

石垣の傍に座っていたのは、妖精のように美しい彼の妹だった。しかしダミアンはミレイニアに見向きもせずに、歩き出す。

「待って、……兄さん！」

服を引き、小さな身体でダミアンの前に立ち塞がって、ミレイニアは言う。しかしダミアンは濁った瞳で、「行かなければ」と唸るように囁いた。

「東に行かねばならない。泣いて、いるかもしれない」

誰が、とはダミアンは言わなかった。譫言のような言葉だった。その目はミレイニアを視界にいれない。

薄い宵闇の中でミレイニアの瞳が光った。不思議な榛の瞳がじっとダミアンを見つめ、その手のひらを持ち上げる。爪の先まで整った指先で、ダミアンの頬に触れるような仕

草のあと、

「!!」

火中の栗《くり》がはぜるように盛大な音を立てて、彼女の両の手のひらがダミアンの頬を打った。

「宵の口から寝ぼけないでくれる？　ダミアン兄さん」

雷に打たれたようにダミアンは薄く口をあけ何度も瞬きをした。そして今気づいたかのように、「……ミレイニア？」と妹の名を呼んだ。

「他に誰がいるの」

顎を上げてミレイニアが言う。ダミアンは未だ前後不覚の様子で、質の悪い酒を大量に飲まされたあとのような反応の鈍さだった。

「俺は何を」

その胡乱な言葉にミレイニアは一度ダミアンを睨みつけ、それから立て板に水とばかりに朗々と語った。

「兄さんは私の部屋に入ってきて私の手をつかんで駆け落ちをしようといったのよ。星の綺麗な教会で永遠の愛を誓うつもりだったの。私は兄妹同士、神に背く行為だわと言ったのだけれど、あんまりに兄さんが必死だったからこうしてついてきてあげたんじゃない」

「…………」

ダミアンは生の蛸でも口に詰められたように不可解な顔をした。

そして長い長いため息のあと。

「虚言だな」

「ええそうよ」

いつものように、羽の軽さの返答だった。馬鹿馬鹿しいほどいつもの通りだったから、ようやくしっかりと地に足がつく気が、した。まだ、ここまでこうして歩いてきた自分自身の心の機微は思い出しかねたが。

「悪かった」

とにかく誤魔化すように口にしたのは謝罪の言葉だった。

「いつもよ」

答えは決してなじるような響きではなかった。そしてミレイニアは遠くを見る瞳をして、静かに言った。

「旅に出るには、悪くない夜ね」

既視感を感じた。

夜のはじまり。軽い旅装束に、偶然のような鉢合わせが、ダミアンとミレイニアの旅立ちの情景だった。

それは孤児院に双子の赤子が預けられていた日の夜のことだ。

彼らの村では嵐と水害の続く年だった。金も食料も働き場さえ尽きた、災厄の年だった。不幸は不幸を呼ぶもので、朝もやも消えきらぬ早朝に、双子の赤子が孤児院の門前に捨て置かれていた。ひとつ口が増えればひとつの口が飢えるだろう。二つ分となるかはわからないが、この場所を出るにはよい機会であると思った。

そしてそう思ったのは、ダミアンだけではなかったのだった。

孤児院の出口で座り込んでいたミレイニアに、ダミアンは呆れた。そしてなぜか、悪くないと思ってしまった。

数えるほどしか話したことのない少女だったのに、旅立ちの夜が同時であったというそれだけで、しばらくは連れ合いとして行くのも悪くないと思ってしまった。

『行くか』

ため息をついてなんとはなしにダミアンは言った。

『ええ』

その時はじめて、ミレイニアは彼を『兄さん』と呼んだ。

もう一度、ダミアンは今のミレイニアを見た。荷物をまとめ、旅の装いとなった自分の妹。彼女はきっとこうなることがわかっていて、ダミアンのことを待っていたのだろうと、ミレイニアの才には半信半疑なダミアンも、疑うことなくそう思った。

辺りはゆっくりと夜が更けていくだろう。月が白さを増していくだろう。

ミレイニアの美しい銀髪は、夜によく映えるだろう。

その情景は、かつて過ぎ去ったものと同じだった。彼女はお膳立てをしたのだと、人の心の機微に疎いダミアンにもわかったのだ。

「面倒な、ことになったな……」

思わず落とした呟きはけれど、諦めに近かった。

「そうでもないわ」

答えるミレイニアの声はわずかに笑みを含んでいたようだったから、ダミアンもまた、そうでもないと思うことが出来た。

綱渡りのような人生ばかりを選んでしまうのはもう変えようがない。

しばらく落ち着いて居を構えた。けれど彼も彼女も、流浪の民であったから。

流れ流れていくのがさだめなのかもしれなかった。

「じゃあ、行くか」

ダミアンが荷物をかつぎなおし、静かに告げる。こだわっていた迷いが嘘のように消え去っていた。

「ええ」

兄さん、と、ミレイニアの美しい声がした。

†

明るい笑い声と、水辺で遊ぶ音がしている。

彼女の息子は健やかに育った。耳に赤い耳飾りをつけて。

彼女は彼を見ている。

いつも見ている。

母親のもとで育った息子は、人よりも大分、甘えたがりになったけれど、彼女はこれからも息子を手放しで甘やかすことにしていた。

思い出の中でいつも愛された記憶だけが残るように。

あと満月が三度巡ったら。

もうすぐ、彼女が森の神に召される日がやってくる。

†

がたん、とひときわ大きく荷馬車が揺れて、ダミアンのまぶたも何度か痙攣した。

干し草のにおいがして、爽やかな風が彼の頬をなでる。

「起きた」

向かいからそんな声がした。馬車の隅で膝を抱えていたのはミレイニアだ。曲げた膝の上に頭をのせて、まどろむようにダミアンを眺めている。

ダミアンはまだ夢と現の境に立って、なにかを口走らないように注意深く唇を閉じた。住み慣れた街を出る夜、東に行かねばならないとダミアンは譫言で呟いた。とりあえずの進路を東にしたのは、その天啓を信じたわけではなく、ミレイニアの仕入れてきた情報が、同じ方向を指していたからだった。

「あと半刻《はんとき》もすれば次の街よ。……また、夢を？」

馬車に乗りひと月も揺られ、いくつかの街を越え、山を越えたところにある、古い都が彼らの目指す地だった。

かつて「天国の耳」と呼ばれた、ガーダルシアの稀代《きたい》の魔術師が、そこに隠れ暮らしているという情報があった。

「ああ……」

髪をかき上げ、ダミアンが寝起きの掠れた声で答える。

「相変わらずな。作ったこともない餓鬼の母親にでもなった気分だ……」

旅に出てからも、赤い耳飾りの夢は潰《つい》えることがなかった。ただの考えすぎや偶然にしては、あまりに鮮明だった。一族のさだめを持って、その命を生け贄に捧げることを了承した若い娘が、たったひとつ望んだことは、生まれたばかりの小さな息子の将来。彼女が消えたあとも、彼がなに不自由なく育てられることを条件に、彼女は一族のために栄光を受け入れた。

彼女が惜しみない愛を捧げた、幼い息子、アベルダイン。

その姿を彼は、目が覚めたあとも絵に描けるほど詳細に思い返すことが出来た。絵心のない彼の手ではろくな肖像画にはならないだろうが、たとえば人のあふれる市場ですれ違ったとしても、アベルダインを見つけることが出来るような、そんな気がした。

耳飾りを手に入れてすぐのような強い不快感はなくなったが、その代わりに起きざまに意識が混濁するような気がする。自分の肌の色を忘れるような、奇妙な感覚だった。

ミレイニアは膝にこめかみを乗せたまま、ダミアンの浮かない顔を真っ直ぐに見た。

「ねぇ兄さん」

唐突に、ミレイニアがそう呼んだ。

「はじめて会った時のことを覚えている？」

「なんだ、いきなり」

驚きよりも小さな苦笑の方が先に立った。二人旅をはじめてこちら、こうして昔の話を持ち出されることが多かった。それは決まって彼が目覚めてすぐのことだったから、鈍感なダミアンにも、ミレイニアの意図がおぼろげに読めた。

その意のままに、自らの人格に錨《いかり》を下ろすよう過去をなぞる。

「お前はいけ好かない子供だった」

「兄さんは会った時から老けてた」

ダミアンが睨みつける。ミレイニアはそしらぬ顔だ。いつものことかと、ダミアンも諦めが早い。

「しかしそんなに……覚えちゃいないな」

いけ好かない子供に出会った、多少なりとも分別のある子供は、出来るだけ相手に触らないように日々を過ごしたせいかもしれなかった。どこか思い出の希薄な孤児院での生活の中で、ミレイニアとの関係はより思い出が浅く、最初の衝撃だけが鮮明だった。

雨の朝に彼女は孤児院にやってきた。小さな町の小さな孤児院だった。その頃からミレイニアは美しい銀の髪と、白い陶器の肌を持っていた。

『しばらく置いて欲しい』と彼女は泣きも笑いもせず言い、院の孤児達は遠巻きに、妖精のような少女を見た。ダミアンにとっては、目新しさよりも薄気味悪さのほうが先に立った。ダミアンは両親を早くに亡くしてから孤児院暮らしが長く、子供達の中でも年長であったが、いつまで経っても周りと馴染むことの出来ない子供だった。

院の子供はミレイニアを子供なりに歓迎した。おそるおそる彼女を取り囲み、中でも好奇心の強い少年が彼女の絹のような髪に触ろうとした。

『やめたほうがいい』とミレイニアは静かに言った。『髪は大切な呪具だから、あなたの血の味を求めることになるかもしれない』と。

輪に入らなかったダミアンも思わず注視し、そして呆れた。よくも真顔でそんなことが言えるものだと彼は思った。

やがて彼女はダミアンとは違った意味で子供達から浮くようになった。二人に共通していたのは、大多数との馴れ合いが好みではないという一点だった。

ミレイニアはその頃から占い師の真似事《まねごと》をしていたが、そのどれもがダミアンには詭弁《きべん》にしか聞こえなかったことだけはよく覚えている。

「俺はもうお前が目障りで目障りで」

思い出しながらダミアンが呟く。

ミレイニアは笑いながら聞いている。彼女は孤児院を出て、よく笑うようになったと、今更めいたことをダミアンは思った。

「だから私、いきなり髪をつかまれた」

くすくすと笑いながら、思い出をなぞるようにミレイニアは言う。

ああそんなこともあったとダミアンは思い出す。そう、日々のいい加減な発言と、それを特別な力だとあがめたてる院の子供達に厭《あ》いたダミアン少年は、彼女が占いをした直後、ひとりになった時を見計らって彼女の髪を藁《わら》でもたぐるように乱暴に引いたのだ。

驚いて榛の目を丸く開いたミレイニアに、ダミアンは言った。

『今の、嘘だろう。全部』

そして彼女は、顔色ひとつ変えずにこうのたまった。

『ええ、そうよ』

——思えばその頃から、やりとりはほとんど変わっていない。

しかしダミアンはそれを聞いて合点《がてん》がいった。気が済んだといってもいい。嘘を嘘らしくつくならば、あとは受け取る側の問題であろう。彼はミレイニアの嘘を、白日の下に晒すような真似はしなかった。興味もなかった。ただ、彼は彼の中で折り合いをつけて、また彼女に対する興味をなくした。

懐かしい話だとダミアンは思った。

あの時にはこうして、二人で旅をすることなど思いもしなかった。

「ダミアン兄さんは女の子の扱いが本当になっていなかったわ」

ミレイニアの笑み声がして、馬車が次の町へとたどり着いた。

先に降りたのはミレイニア。ふわりと絹の髪が舞い、振り返らずに彼女は言った。

「でも、嬉しかった」

嬉しかったのよ。

そう言う彼女が一体どんな顔をしていたのか、背中しか見えないダミアンにはわからなかったが。

そういうものかねと首を傾げた。

女の扱いも、女心も、彼にはわかるはずのないものだった。

†

ひどく胸の騒ぐ夜だった。

鳥の声が普段の数倍騒がしいことも気になったし、そわそわとなかなか寝付かないアベルダインにも。

(どうしたの)

尋ねても、彼は首を振り彼女にしがみつくだけ。

寝入りにぐずるような歳《とし》でもないのにと不思議に思ったけれど、この子なりになにかを感じているのかもしれない。別離の日が近づいていることを。

祭りの準備は進んでいた。そしてそれがすなわち彼女ら親子の最後の日であるということを、彼女は未だ息子に伝えられないでいた。

抱きしめるように丸くなり、一枚の掛け布にくるまり眠る。

濃い水と緑の気配。

そしてそれが、彼女が密林で暮らした、最後の夜となった。
罵声、怒号、悲鳴、雑音のように混じるのは異国の言葉。
背の高い人間達。
白い肌。
剣と斧《おの》、縄と炎。
逃げようとした彼女のわき腹に刺さった鋭利な刃。

ああ　血の　においが

逃げて。
アベルダイン――

†

獣のような咆哮《ほうこう》を上げて、ダミアンは目を覚ました。目を覚ましてもなお、闇の中をさまようように、ベッドの上で暴れ出す。

宿の一室、明け方のことだった。

「兄さん!!」

仕切りを立てかけた向こう、隣のベッドで眠っていたミレイニアが飛びおき、ベッドから滑り落ちたダミアンに駆け寄った。

「しっかりして、どうしたの……!」

伸ばされた手を、振り払うことも避けることもせず、あざが出来るほど強くつかんだ。ミレイニアは眉をひそめることさえせずに、より強くその手を握り返した。彼女の指先は非力だが、あたたかかった。

「……っ!!」

突然激しく咳《せ》き込んだダミアンが吐き出したのは、ひどく赤黒い血だった。

「ダミアン……!」

ミレイニアは目を見開き、けれど強い視線になってその背をさする。ダミアンはミレイニアの細い肩に額を置いて、汚れた唇で吐き捨てるように自嘲的な笑いをもらす。

「ひどいもんだ」

「ひどいなら、喋らないで」

ミレイニアの返答は決して激昂してはいなかったが、厳しく硬かった。

「いや……」

手のひらで口元をぬぐい、ダミアンはゆっくりと首を振る。ため息とともに呟いた。

「ひどい目にあったのは、本当は俺じゃない」

わき腹をさする。血は出ていないが、シャツの下で熱を持っている。内臓がやられているのかもしれない。最悪な気分だが、自分の身体のことだ、命に別状はないことぐらいはわかる。しかし、刺されていたのが、自分以外の、たとえばか弱い女だったらどうだろう。

彼女は生きているのだろうか。生きていただろうか。

目を覚ましてしまったダミアンにはわからない。

胸元にはまだ、布にくるまれた赤い耳飾りがしまってある。その存在を憎んだり、このせいで、とは思わなかった。もう思えなかった。この赤い耳飾りの人生は、まるでダミアンのもうひとつの人生のような気さえした。

板張りの床に座り込んで、滑り落ちたベッドに背中を預ける。そのすぐ向かいに座ったミレイニアが、か細い声で鳴くように言った。

「ねぇ、兄さん。もう、やめましょう」

まだぼやける視界に、ミレイニアの銀の髪が見えた。

ああ、アベルダインよりも、まだ白い色だとダミアンは思う。

　同じ銀でも、輝きが違う。

「戻りましょう、ガーダルシアに。兄さんは盗賊だけれど……兄さんを下手人として追うことよりも、ガーダルシアの魔術師にとっては多分、その秘宝のほうが大切だと思う。ガーダルシアのものは、ガーダルシアに、返して」

「違う」

　熱に浮かされた言葉にしては、あまりにはっきりとした答えだった。

「これは、ガーダルシアのものじゃあない」

「でも」

　泣きそうに歪んだ、そんな彼女の顔を、ダミアンははじめて見た。不思議な感触だった。

　まるで本当に、兄妹になったような。

　けれど彼の唇は、そんな思いを紡ぐことなく、ただ淡々と彼女に告げた。

「帰りたい」

　自らの胸元をつかんで。

「帰りたいんだ」

　その言葉はもう、誰のものともわからなかった。ミレイニアにはわからなかったし、ダミアンにさえわからなかった。

ミレイニアの榛の瞳が、ほんの一瞬、何かを叫ばんとするように揺れた。けれど彼女は目を逸らし、立ち上がった。

「発ちましょう。今から」

泣いているのかとダミアンは思ったが、白い顔を青くなるほど凍らせて、強い瞳で前を見ていただけだった。

一刻も早くたどり着くためにと、彼らはその朝、山越えを決めた。

†

傷の手当てもろくにせぬまま、灯りさえない船の底に押し込められる。塩のにおいにむせそうになる。

異国の人間達は私をどうするつもりだろう。

白い肌の男達が、密林を荒らしていたことは、人づてに彼女の村にも報告が来ていた。しかしこれほど大きな、「人狩り」に出るとは、一体誰が予測出来たのだろう。

異国の人間が口々に呟く。

(ガーダルシア)

聞き取れたのはその単語だけ。目的地だろうか。

（ママ）
泣かないで、アベルダイン。
（ママ）
ええ、大丈夫、ここにいるわ。

貴方だけでも、逃がすことが出来たらよかったのに。

船の動き出す気配。ああ、私の、運命は、一体どこに行くのだろう。

†

「奴隷だ」

細い道を登りながら、ダミアンが呟く。

「奴隷として売られるんだ。……けれどそれまで、身体がもつか」

休むたびに襲われる幻覚。否、幻ではない、記憶だった。赤い耳飾りの記憶をたどり、創造者である娘の感情をたどり、そしてその痛みまでも、ダミアンはたどっていた。

傍らを行くミレイニアは唇を一文字に結び、黙って歩いている。

ふと、お前はなぜここにいるのかとそんなことをミレイニアに尋ねそうになった。

この旅は面白くもなければ、何かいい目が見られるわけでもない。理由を尋ねてもよかったけれど、相手の心を踏みにじる行為のような気がして、口には出せなかった。もしも尋ねていたなら、彼女は「妹だから」と答えるだろうか。嘘を、つくだろうか。そう、嘘ではないか。兄妹という、それ以上の虚言があるだろうか？

「くそ……」

思考が一定せず、ダミアンは頭を振った。そろそろ頭がおかしくなるかもしれないなと、どこか他人事《ひとごと》のように思う。

「ねぇ兄さん」

傍らから聞こえたその涼やかな声に、ダミアンはよどんだ目をずらす。

ミレイニアは前を見据えたままで、静かにダミアンに言った。

「兄さんは孤児院に入る前、何をしていたの」

思わず足を止めそうになった。

「なんだ」

先日といい、今といい、これまで一度も聞かれたことのない問いを与えられている気がして、ダミアンは困惑した。

「兄さんのことが聞きたいのよ」

「聞いてどうする」

「思い出しなさい」

強くはっきりとした口調だった。一瞬、驚いたということにも気づかぬほど虚を衝かれた。

思い出せとミレイニアは言うのだ。自分のことを。

ダミアンは一体なにものなのかということを。

難しい注文だと、ダミアンは苦く笑った。

「言うほどのことがあるわけじゃあない。普通の家で育って普通に母親が死に、普通に新しい母親に追い出された」

「あまりに退屈であくびが出そう」

自分で聞いておいてミレイニアはその言いざまだ。

「だろう」

ダミアンは笑うことが出来た。孤児院に来る前のことなど、最近は爪の先ほども思い出すことはなかった。心に傷を負うほどたいした悪い思い出がない代わりに、ひたれるほどのいい思い出もなかった。

金はある家だった気がする。よく思い出せない。

思えば、彼が物を盗る時に金持ちの芸術品を選択するのも、その頃の記憶に起因するのかもしれない。あるところには無駄にあり、なんの役にもたっていないという、実感だ。

「お前は」

問い返せば、今度はミレイニアが言葉を止めるのがわかった。聞き返されるとは思っていなかったのだろう。一矢報いた気がして、少し気が晴れた。

「何か面白い話があるか」

「別に……」

ミレイニアは口元を押さえ、目を逸らす仕草をした。やはり、微細なものを掘り返しているような様子だった。

「私も、言うほどのことはなにも」

と断ってから、しばらく黙して言葉を繋げた。

「旅の一座だったの。私のような毛色の変わった……これは大体文字通り……毛色の変わった、人間が生まれるのは珍しいことで……踊り子として育ててくれようとしたみたいだけど、気味の悪いことばかり言う子供だから、怖く、なってしまったのでしょうね。結局売春宿に売られて……」

すっとダミアンの視線が冷えた。ミレイニアは静かに笑う。

「いつものように逃げた」

まるで自慢のような口調だったから、ダミアンは胸中で軽く息をついた。虚言とは思えなかったからだった。

「雨宿りのついでのように孤児院に寄った。だから、本当に長居をするつもりはなかったのよ」

強がりだとしてもたいした胆力だとダミアンは思う。か弱い身体で、よくもまあと呆れもした。

「親は止めなかったのか」

「率先して手を離したのでしょうよ。一番気味悪がっていたのはあの人達だったから」

軽く鼻から息を出して、ダミアンは笑ってやった。哀れむには時が経ちすぎている話だ。

「嘘をつきすぎたな」

責める響きではなかった。仕方がない奴だと思ったのだった。

「ええ、そうね」

いつものようにミレイニアはうなずいて、しばらく黙した。

歩きながら、銀の髪をかき上げて、小さなため息をひとつついてから。

「わからなかったの」

とぽつりと言った。

「何が人の目に見えるもので、何が人の耳に聞こえる音で、何が私の妄想なのか」

その言葉にダミアンが振り返った。

彼女の言葉に違和感を覚えた。

「お前は、本当に……」

ミレイニアは目を伏せて、重ねるように言った。

「だから、あの日嘘だと言われて嬉しかった。もう、迷わなくてもよくなった」

ダミアンは目を見開き、戸惑うように唇を滑らせた。言葉は出ない。

ミレイニアはダミアンの言葉を待つつもりもないようで、自然に沈黙している。

やがてダミアンは天を仰いでため息をつき、一言言った。

「虚言だな」

ダミアンがそう言うから、ミレイニアは笑った。

「ええ、そうよ」

だから、そういうことになった。

†

狭い船の底で、高熱にうなされていた。

ろくな食料は与えられず、寝床もなく、薬もなかった。

アベルダインが何度も汚れた服で汗をふいてくれた。それしか出来ない彼は、泣き濡れながら母親を呼んだ。

（大丈夫、大丈夫よ）

せめてものなぐさめにと、嗄れた喉を震わせて、細い歌声を上げた。大地について歌っている。大きな河について歌っている。雨と炎について歌っている。そしてそれら全ての眠りについて歌っている。

涙にくれるアベルダインに、残せるものはこれだけだった。

目の前がかすむ。アベルダインの銀の髪と、水色の瞳と、そして赤い耳飾りだけが見える。

冷たい指先で耳飾りに触れる。

彼女はその命を、密林の神ではなく息子に捧げることに決めた。

†

野宿の夜だった。

ミレイニアは眠ることが出来ず、火の番をしていた。二人で旅をはじめた頃、それは皆ダミアンの役目だったが、彼女とてひとりの夜を越えたこともあったのだ。火種の生かし方ぐらいお手のものだった。

かつて孤独は彼女を虐げもしたし、同時に癒《いや》しもした。孤児院での生活に拒絶を覚えたことはなかったけれど、やがて過ぎゆく場所だともわかっていた。

闇の夜に目を凝らす。空は曇りだ。不格好な月がおぼろの雲の向こうに見える。満月ほどではないけれど、こんな夜はあまりよくない、とミレイニアは思う。見たくない影を見てしまう。聞きたくない声を聞いてしまう。

幼い頃からそんな経験ばかりしていた。大半が確かに、ただの気のせいであった。だから彼女にはわからなかった。

旅の一座でどこへ行っても、占い師に会えばこの子は類い希《まれ》な才を持っていると言われた。

けれど誰も教えてくれなかった。ミレイニアを導く人は誰もいなかった。

ダミアンだけが、彼女を嘘つきだと言った。

悪魔つきでも先祖返りでも、魔女でも占い師でもなく嘘つきだと言った。彼の言葉が清々しかったから、ミレイニアは正解をそれに決めた。ダミアンの言葉を正解に決めた。ともに生きる人間を、彼にした。

戯れのように『兄さん』と呼んでみた。彼はそれを受け入れてくれた。

ダミアンの全てにおける執着のなさはわかっているつもりだったから、女として傍にいることよりも、家族として荷物になる方が、まだ望みがあると思った。彼女の狙いは多分正しかった。だからまだ、彼女は彼の隣にいる。

毛布にくるまったダミアンの身体が動くのが見えた。

低い唸り声。

「……兄さん?」

小声で呼び、膝をついて近くに寄る。

背を向けていたダミアンの顔を見下ろしたミレイニアは、その美しい顔を厳しくした。

「兄さん!」

ダミアンの様子が尋常ではなかった。大量の汗と、土気色の顔。つかんだ胸元の奥では、赤い耳飾りが光っている。

ミレイニアはそこに、黒くたゆたうなにかの影を、虚構の幻覚を見た。

†

ママと、呼ぶ声がする。

鉛のような身体。消えかけた視界。

ああ、泣かないで。

愛しい、子。

†

畏れていたことが、起こっているようだった。ダミアンは確かに耳飾りの記憶をたどっている。その力を、その魂を、自らの生に重ねているようだった。

そして生をたどるように、誰かの死までたどるとしたら？

「冗談」

吐き捨てるようにミレイニアは言う。

「許さない」

こんなところで、むざむざと殺させてたまるか。ミレイニアの白い手が、ダミアンの胸元をつかむ拳の上に重ねられる。赤い光と、黒い煙が吹き出すような気がした。手の奥に熱、しびれ、吐き気がするほどの圧迫。

しかし彼女はその手に強く力を込めた。

「あのね」

ダミアンの指の隙間から、直接布越しに触れる赤い石が、ミレイニアの指先を灼《や》く。吹き出すように額に汗が滲んだ。

「私には確かに、類い希な才なんてない。この力を、飯の種にさえ出来なかった。魔法使いにも、占い師にさえなれなかった」

妖精のように美しい姿をした彼女は嘘つきにしかなれなかった。その生き方を悔いるわけではない。他の生き方を求めるわけじゃない。けれど。

より強く指先に力を込めて、まぶたを伏せてミレイニアは言った。

「でも、女に生まれたからには――家族の……」

くっと唇を引き、言い直す。

「――好きになった人のひとりくらい、私だって守るのよ」

祈りの仕方も呪いの言葉も知らない。

けれど負けるわけにはいかなかった。

「貴方もそうだったのでしょう、なら、ここはこらえなさい」

ダミアンは荒い息を立てながら苦しんでいる。閉じた彼のまぶたからは涙が滑り落ちていった。それが痛みであるのか悼みであるのかは、ミレイニアはわからない。

姿なき女に、呪詛の如く我が子を愛した異国の女に、彼女は言った。

「こらえなさい。帰る場所がまだあるのなら。ダミアンは、きっとそこに、貴方を連れていってあげるから」

そして奇《く》しくも、彼女は同じ言葉を呟いた。

「泣かないで」

†

彼女の身体は、魂と切れる前に、異人によって海へと捨てられた。

最後までその身体にすがりつくアベルダインは、彼女を追って海に飛び込もうとするが、異人達はそれを許さず、彼を力ずくで縄に繋いだ。

幼い少年はいくらでも商品の価値があったからだった。

冷たい海に沈んで女は死んだ。

さだめの通りに、神への供物に成り得なかった。

彼女の身体は海へと沈み、二度と浮かぶことはなかった。

魂だけが、赤い石へと姿を変えた。

†

目を覚ました時、不思議と身体が軽くなった気がして、ダミアンは不可解な思いに駆られた。長い長い夢を見たようだった。

薄い朝焼けと、暗い緑。消えかけた火種のにおいと、細い煙。

どれもなんの感慨も与えなかった。もっと別のものを探して、視線を泳がせる。

彼の傍らに、座り込んだ小さな影が見えた。

「兄さん」

かすかな声はあまりに艶のない響きであったものだから、ダミアンはすぐさま身体を起こす。

胸の上から赤い耳飾りが落ちた。

「どうした」

青白く疲弊した顔で座り込むミレイニアの頬に手を伸ばそうとして、届かぬままにダミアンは尋ねた。

「いいえ、どうもしない」

ミレイニアは榛の瞳を細めて、悪い顔色ながらも微笑んでみせた。強がりではない、芯からの微笑みのようではあったが、その言葉にはダミアンは納得出来なかった。

伸ばした腕で彼女の手首を取り、手のひらが見えるように引く。赤い指先の爛れは最悪の予想通りだった。吐き捨てるように彼は言う。

「虚言だ」

今度こそ、ミレイニアはまぶたを下ろして笑った。

「ええ」

そして合い言葉のように、うなずいてみせた。

「そうね」

ダミアンは立ち上がり、自分の髪を片手で乱した。赤い耳飾りを拾い、不機嫌な顔で睨みつける。続けるべき旅ではないのかもしれないとダミアンは思った。帰りたいと言った言葉は嘘ではないけれど、そのためにこうして自分以外が傷つくことには納得が出来なかった。

ミレイニアを置いていくか、耳飾りを捨てるか。

この場に彼女を放置することが出来ないのだから——結論は出ていたが、口にする前にミレイニアが言った。

「行きましょう」

よろめくように立ち上がる。

「きっともう、その耳飾りは悪さをしない」

確信はなかった。ミレイニアお得意の虚言だった。けれど、結果としては同じことだろうとミレイニアは思っている。呪いのままにダミアンの魂が引きずられるのなら、ミレイニアは何度でも引き戻す気でいた。そんな決意は決して口にはしなかったけれど、ダミアンはひどく不機嫌な顔で口を結び、ミレイニアを見下ろした。

ミレイニアは榛の瞳でダミアンを見返した。

彼女は自分の視線が人の心を射抜くことを知っていた。そして他人の視線では自分の心を探れないこともわかっていた。鈍感なダミアンでは特に。いつもこうして勝負に持っていき、負けたことはそうはなかった。

「行きましょう」

もう一度言った。それ以上はなにも言わせないつもりだった。

確かにダミアンはなにも言わなかった。なにも言わず、ため息をひとつだけついて、耳飾りを胸にしまった。

それから、突然ミレイニアを荷物のように抱え上げた。

「っ⁉　ちょっと、兄さん⁉」

思わず悲鳴のような声を上げたミレイニアに、不機嫌そうな顔でダミアンは返事をしなかった。

わめいて蹴ってもダミアンに妹を下ろす気配はなく、二人分の荷物に加えてミレイニアを抱え上げて、山を下りだしたダミアンにミレイニアは呆れを通り越して諦めた。

身体の力を抜けば気も抜ける気がした。自分の疲労を自覚した途端、爪の先まで痺れが走る。

「ねぇ兄さん」

ダミアンに抱えられながら、背中に担いだ荷物に目を留めた。それは古ぼけたリュートだった。旅をはじめてしばらく経った頃、ミレイニアの勧めでダミアンが買ったものだ。

「なんだ」

まだ不機嫌そうな声でダミアンが答える。

「この旅が終わったら、またリュートを弾いて」

普段、このリュートは楽士を名乗る時にしか使わない。偽装である。見知らぬ街で情報を得ようとした時、何らかの職業を装うことが必要だった。

ミレイニアがリュートを勧めたのは、ダミアンの演奏を何度か聴いたことがあったからだった。孤児院でのことだ。誰に聞かせる演奏でもなかったようだから、本当に彼の個人的な時間だったのだろう。

「……………もう、下手になった」

「そもそもそんなに上手くはないじゃない」

虚言だった。何事も器用にこなす彼は、楽器の扱いも手慣れたものだった。彼は答えなかった。心外だったのかもしれない。

「私はそれに合わせて踊ってあげる」

ミレイニアの方こそ、踊りの方はさび付いてしまったかもしれなかったが、彼女は戯れのようにそう言った。

「泥棒と占い師もいいけれど、そんな兄妹もきっと、悪くないわ」

食べていけるという保証はないけれど、やりたいことも満足に出来ないほど、子供でもないのだろう。手の中にある技術に覚悟を加えて、人生のおかしみくらい、持ってもいいような気がした。

ダミアンは結局答えることはなかったが。

「虚言だ」とは、最後まで言わなかった。


ガーダルシアの元外交官が暮らすという街に着いたのは、翌日の夕暮れのことだった。

それまでにやはり一度、赤い耳飾りの夢を見た。

母親のいない夢だった。

ダミアンにとっては痛みもなく、苦しみもない夢だったが、決して、寝覚めのいいものではなかった。

彼女の守った「アベルダイン」は、彼女と別れ、ガーダルシアの港に着いてから、ほどなく死んだ。

殺されたと言ってもよかった。正確を期すならば、「喰われて」しまった。

そこでようやく、ダミアンにとって、アベルダインの耳飾りと、ガーダルシアの人喰い物語りが繋がった。

結局、耳飾りはアベルダインを守れなかった。強力な耳飾りの力をもってしても、より強力な人喰いを前に、守りきれたのはその両耳のみ。

けれどダミアンは、そのことを心残りだとは思わなかった。

最期の一瞬まで、アベルダインは、母親を呼んでいたのだから。

ダミアン達が暮らしていた街ほどの、慎《つつ》ましやかな山間の街だった。

目的の人間の家は、比較的すぐに見つかった。しかしドアを叩いても返答がなく、隣人に尋ねてみれば、数日前に家族で旅に出たということだった。

「そう、ですか」

呟くミレイニアは落胆を隠せなかった。聞けば、行き先はなんの因果かガーダルシアだという。全く無駄骨だったと、ダミアンも思わずにはいられなかった。

「留守を預かるのに、息子さんは残ったはずだけどねぇ……」

そう呟く隣人に首を振り、「いいえ、いいんです。待たせてもらいます」とミレイニアは言う。ダミアンも同じ気持ちだった。行き違いになるわけにもいかない。ガーダルシアになんの用があり、往復にどれくらいかかるのかはわからないが、隣人の言によればさほどの長さではないだろうということだった。

礼を言い、宿を取りに行こうと方向を変え、歩き出した時だった。

ちょうど角を曲がって来た細い人影と、ダミアンの腕がぶつかる。少し強い衝撃だったものだから、「あ、悪い」と反射的に相手も謝った。

ダミアンも片手を挙げようとしたが、出来なかった。

身体の動きとともに、呼吸も、血液の流れさえ止まったようだった。

「……兄さん？」

いち早く彼の異変に気づいたミレイニアがいぶかしげに呟く。けれどダミアンは答えず、今しがたぶつかった、目深にフードをかぶった人影の背に、声を張り上げた。

「待て！　待ってくれ、お前だ！」

その名を、叫んだ。


「……――アベルダイン!!」


それは時の止まる魔法だったのだろうか。

フードの人影が足を止め、そしてゆっくりと振り返るまで、何十秒、何百秒という時間が過ぎた気がした。

人影は、指先でかすかに、フードを持ち上げ。

こう言った。

「オッサン、なんでその名前を？」

その手の甲は小麦よりもまだ黒い色。フードからのぞく顔もまた。

灰色の髪。水色の瞳。

そして三連のほくろに至るまで。

夢よりもまだ、成長していたようだった。少年から青年へと変化を遂げようとしていた。

けれど間違いない、間違えるわけがなかった。

それは、紛れもない、数百年前の愛し子の姿だった。

「アベルダイン……アベルダインなんだな……!?」

肩をつかみ、震えながらダミアンが言う。けれど少年は困惑を滲ませた顔で、

「違うよ」

とはっきりと言った。

「ボクはアベルダインじゃない」

言ってしまってから、わずかにばつの悪い顔で、「……はず」と心許《こころもと》なげに付け足した。

「どういうことだ、お前は、アベルダインだ、アベルダインじゃないのか……!!」

「だーかーら！」

肩をつかむダミアンを突き離して、不機嫌な顔で少年は言う。

「ボクの名前はホーイチだ！」

「じゃあ」

割って入ったのはミレイニアだ。ホーイチは、突然視界に入ってきたミレイニアの容姿にぎょっとしたのか、水色の目を丸くした。

ミレイニアは相変わらずひとを見透かす榛の瞳で、彼――ホーイチに言った。

「じゃあ、あなたはどうして『アベルダイン』という名前に反応したの」

「それ、は……」

フードの上から、後頭部を掻く仕草。

渋い顔になりながらも、彼は言った。

「ボクはアベルダインじゃない。でも、その名前は知ってる。それは……」

ひょいと肩をすくめて。開き直ったように、こう言った。

「それは、ボクの母さんのおとぎ話の主人公だからね」

思いも寄らぬ言葉に、顔を見あわせるミレイニアとダミアン。ホーイチはくるりと二人に背を向けて、「来なよ」と言った。

「その用向きだと母さんの方がいいんだろうけどさ。あいにくおばさんから手紙が来てガーダルシアまで行ってるから、ボクが茶でもいれるよ。妹も連れていってるし、ひとりで退屈していたところなんだ。母さんのおとぎ話の十八番でよければ聞かせてやるけど、本気にするなよ？」

そしてホーイチは振り返って言った。

少し言いづらそうな表情で、そっと。

「これは、ボクの前世の話だっていうんだから」

かつてサルバドールの魔術師であり「天国の耳」という名を馳《は》せた外交官であるサルバドール・トトの自宅は、何ら特別なもののない、家族で暮らすには手狭だとさえ思える家だった。

「母さんは本を書いてる。外国の昔話を絵本にしているんだ。オヤジは街の子供を集めて武術を教えてる」

その息子、……ホーイチは、外套も脱がずに乱暴な手つきで客人であるダミアンとミレイニアに茶をいれ、さっさと椅子に座ると頭の後ろに両手を置いて、椅子を斜めにしながら口を開いた。

「アンタ達、サルバドールの人喰いについての知識は？」

ミレイニアが知る話を素直に述べると「その程度！」とホーイチは鼻を鳴らし、「めんどくさいなぁ」と言いながら、どこか得意げにその物語を語り出した。

アベルダインという、不幸な少年の死からはじまる物語。驚くことにそれは、ダミアンの夢の続きの物語であったといえる。

何度も寝物語として聞いてきたのだろう。ホーイチの語り口によどみはなく、詩人のように流れていった。

アベルダインの名を手に入れた人喰いの魔物が、不完全な身体と名を封じられ、数百年の眠りについたこと。その封印を解いた、幼い少女。落ちこぼれであった彼女が人喰いを手に入れた契約は、「あなたのママになってあげる」という突飛なものだった。そしてひとりぼっちの魔物と、ひとりぼっちの魔術師の少女は親子となり、彼女は彼に新しい名を与えたのだという。

その名を、ホーイチといった。

逐一全てに質問を入れたかったが、「まあとりあえず最後まで黙って聞きなよ」と語《かた》り部《べ》からの我がままな要望があるため、ダミアンとミレイニアは聴衆に徹するしかなかった。

物語は、人喰いの消滅によって終焉《しゅうえん》を迎える。

彼は最後にひとつのエピソードを、いたずらっぽく付け加えた。彼の母親が、彼が生まれてから何度もそうしたであろう仕草で。

「そして、数年後に生まれたのがボクさ。生まれた赤ん坊の肌の色を見た彼女は、いぶかしむメイド達に向かって叫んだそうだよ。この子の名前はホーイチ。わたくしの子です……」

その結末に、ダミアン達は息を呑むしかなかった。

ホーイチは照れくさそうに誤魔化し笑いをして、「こんなおとぎ話さ」と肩をすくめた。

「どう、信じるかい？」

ダミアンはミレイニアと顔を見あわせ、静かにうなずいた。

「……俺は、お前に、渡すものがあって、ガーダルシアから、ここまで来た」

「ボクに？　ガーダルシアから？」

眉をぴっと上げてホーイチが聞く。ダミアンはうなずき、胸元から包みを取り出した。布を開き、テーブルの上に置く。赤い耳飾りが、静かにそこに鎮座した。

「これは……？」

いぶかしげに眉を寄せるホーイチに、「触れてみてくれ」とダミアンは言った。

答えはここで出るとダミアンは思った。もしもホーイチが求めてきた人物と違うならば、耳飾りはその身をもって彼を否定するだろう。

　ホーイチは興味深げに赤い石を見つめて、そして躊躇いもなくひょいと、持ち上げ、灯りに透かせてみせた。

　素早い仕草に、息を呑む暇さえ与えられなかった。

「……綺麗だね」

　水色の瞳を細めて、ホーイチは呟く。

　ガーダルシアの赤い秘宝は、彼を拒絶しなかった。

　ダミアンは指の腹で自分の両目頭をおさえ、しぼるように、言う。

「ガーダルシアの尊妃、黒蝶のティーランから頼まれた。この耳飾りを本当の持ち主に返してくれと」

「おばさんが？」

　次の言葉にダミアンはそのまま自分の頭を落としそうになった。

「おばさん……」

　あの豪奢な尊妃を、そんな下賤《げせん》な一言で片づけられるとは思いも寄らなかった。ホーイチは椅子に座ったままちゃらちゃらと耳飾りを片手で揺らし、言った。

「ティーランってティーランおばさんだろ？　母さんの友達だよ。ボクはガーダルシアへの出入りを禁じられてるから、数えるほどしか会ったことないけど、あのおばさん、面白い話があるって、だーから母さんを国に呼んだのか……」

ひとりごちる彼に、「どういうことだ」とダミアンは思わず声を上げていた。

「お前達は、よく知る仲なのか、ならどうして、自分で……」

「立場があるからでしょう」

続く問いかけを予測し答えたのはミレイニアだ。

「ホーイチさん、あなた、ガーダルシアへの入国を禁じられているって」

言われたホーイチは軽くうなずく。

「うん。これでも元、人喰いらしいからね。母さんの頭の中では、だけど。サルバドールの魔術師達に見つかるとヤバイんだってさ。母さんはあの国にいい思い出も悪い思い出もたくさんあるって言ってた。オヤジを連れていったのも、護衛だろうね。武術なんて格好悪いと思うけどさぁ。……なんであんなのに勝てないのかな」

彼なりに、複雑な思いもあるのか、そっぽを向いて不満をもらしていた。

ミレイニアがうなずく。

「あなたの存在が秘すべきことがらであるなら……」

「サルバドール・トトも出奔した今、簡単に秘宝を下賜できない、ということか……」

それこそ、盗難にでもあわなければ、この耳飾りは、ガーダルシアの港を出ることが出来なかったのだろう。

結局はあの黒蝶の尊妃に踊らされていた気もするが、赤い耳飾りが今彼の手の中にある姿を見て、ダミアンは、心からの安堵を覚えるのだった。

「その、耳飾りの物語を、聞いてくれるか」

そうしてダミアンは、つたない言葉で、短く、哀しい、一人の女の話を、記憶を、訥々と語った。

ホーイチは黙って、神妙に聞いた。

「…………だから、その秘宝は、お前の手元にあることが、正しいことだと、俺は思う。受け取ってくれるか」

最後のダミアンの問いに、ホーイチは目を伏せて、静かに言った。

「アベルダインはもういないよ」

当たり前のことを当たり前に話す、感傷を感じさせない声だった。

「アベルダインはもういない。彼は終わって、はじまって、また終わって、そして続いて、ボクのところまで来た」

赤い秘蹟を両手に包んで、彼は言う。

「だから、その人も、終わってもいいはずなんだ」

包んだ手の甲に、唇を寄せて。

「——……おかえりなさい。もうひとりの、ボクのママ」

その瞬間のことだ。

赤い秘石から、何かが立ち上がり、そして一瞬のうちに消えた。

ダミアンはそれを、黒いもやとして視界にとらえた。一方、ミレイニアとホーイチは、そのもやが、美しい女の姿をしていたのを見た。

彼女は言葉もなく、空気に消えた。天にのぼっていったのだと、ミレイニアは確信をした。

ようやく彼らの旅は、終わりを迎えたのだと二人は悟った。

「まあ、もらうって言っても。ボクはこの耳飾りをつけることが出来ないんだけど」

ホーイチは少し困った風に笑ってそう言った。その理由を尋ねる前にフードを下ろす。

ダミアンとミレイニアは、息こそ呑みはしなかったが、それでも、虚を衝かれずにいられなかった。

銀の髪に隠れた彼の耳は、小さく変形し、通常の形を成していなかった。

「成長しなかったんだ。聞くことには支障がないからね。別にいいさ」

ホーイチはそして、大切に耳飾りを布にくるんだ。

「いつかボクが守りたい人が出来たら、その人にやるよ」

「危険かもしれないぞ」

思わず言っていたのはダミアンだ。

「相手が呪われてしまうかもしれない」

真顔でそんなことを言うダミアンに、ホーイチは明るい笑い声を上げて、「それはないよ」と一蹴した。

彼は何の気負いもない言葉で、軽く言った。

「ボクの幸せを願った人が、ボクの愛した人を、呪うとは思えない」

その言葉に、まぶしいものを見るようにダミアンはホーイチを見た。彼は、豊かな愛を受けてきたのだと、痛いほどにわかった。

ここにはいないガーダルシアの少女は、彼の、本当の母親になったのだと。

「ありがとう」

ホーイチは言う。生意気な瞳をしているくせに、心からの礼を言う時は、不思議なほどに素直で真っ直ぐな口調だった。

「ボクの分と、母さんの分と、それからもうひとりの母さんの分まで。この耳飾りを運んでくれて」

微笑んで、言った。

「本当にありがとう」

何の対価も得ることは出来なかったが、差し引きをすれば、損ばかりの旅だったが。

旅の終わりに、あまりにふさわしい言葉だった。

よければ彼の家族が戻るまで街にいてくれとホーイチは申し出たが、ダミアンもミレイニアも、その必要はないと言った。彼らの役目はもう終わったのだから。

ホーイチの母親が帰ってくればきっと差し出すであろう報酬も全て辞退する。旅に必要な薬だけを少しもらって、あとは街で買いそろえるつもりだった。ホーイチも無理強いはしなかったが、ただミレイニアにだけは、別れ際声をかけた。

「アンタ、ここに残る気は？」

問われたミレイニアは眉を上げる仕草だけで聞き返した。ホーイチはその水色の瞳で真っ直ぐミレイニアを見て、「ボクの勘違い、ということはないと思うんだけど」と前置きして言う。

「アンタからは強い魔力を感じる。誰か、母さんの知り合いの魔術師を紹介しようか？教育を受けた方が、楽になると思うんだけど」

二人の会話を耳にしたダミアンは黙って、ミレイニアの答えを待った。

ミレイニアはしばらく沈黙してから、ゆるく首を振り、笑った。

「いいわ。これはこれで、悪くないと思ってるの。それに………」

ちらりとダミアンの方を流し見て。

「うちの兄さんは変なところで頼りがないから、私が見ていてあげないと」

目を丸くするダミアンを尻目に、ホーイチは愉快げに笑った。「なるほど」とうなずいて、片目を軽くつむってみせた。

「ボクの妹もひどい泣き虫なんだ。お互い、苦労するね」


遠回りして戻ろうかとミレイニアは言う。悪くはないなとダミアンも言った。

「いつまで」

と言うダミアンの声は躊躇いがちだった。

「いつまでこうしているつもりだ」

何に関する言葉であったのか、たくさんの解釈が出来る問いだったけれど、ミレイニアは目を伏せて言った。

「私の占いでは」

水晶も使わず、特別なことなど何もせず。彼女は託宣を落とす。

「兄さんは妹と死ぬまで一緒にいなくちゃいけないらしいわ」

虚言だと、言われてしまえばそれまでだった。その糾弾にうなずく覚悟で、ミレイニアは言った。けれどダミアンは遠く空の果てを見る目を細めた。それから何年ぶりかにリュートの弦を爪弾いて。

「悪くはないな」

と、静かに言った。

ミレイニアもまた空の果てを見て。

「ええ、そうね」と、微笑んだ。

END

あとがき　――いびつなままでゆけ――

『ミミズクと夜の王』で作家になった私が、作家を続けていくために、駆けつけてくれた、古い仲間。友達。救世主。

それが、私にとっての、ホーイチであり、トトでした。

背伸びして、力がおよばず、何もかも上手くはやれず、分不相応な肩書きだけを持った……改めてこう書くと、デビューしたばかりの私は、この物語の主人公であるトトのようでした。

没もたくさん出したし、今見返しても、つたない小説ばかりを迷いながら書いていました。だから、『ＭＡＭＡ』と『雪蟷螂《ゆきかまきり》』の完全版については、最初はお断りをしていました。

それでも、『ミミズクと夜の王』そして『毒吐姫と星の石』の完全版の好評を受けて、アンコールの声に応える形で。現代に新しい姿で現れる、彼女と、彼女の小さな愛し子の物語。いかがだったでしょうか。

今回、今の自分ではもう書けないであろう物語に、勇気をもって、手をいれました。

一文一文確かめるようにして、大層いびつな形であったから、手綱を握り直すのは簡単ではなかったけれど、でも、だからこそ改めて、得がたいものであった、と感じています。

完全版では毎回書き下ろしをつけさせて頂いていますが、電撃文庫版『ＭＡＭＡ』刊行当時に、イラストレーターのカラスさんと同人誌として発行した番外編を再編集の上収録いたしました。改めて、ＭＡＭＡとＡＮＤの、間をつなぐ物語として。楽しんでいただけたら幸いです。

カラスさんの絵も、今回新しくいただいたＭＯＮさんの絵も、この物語のいびつさを肯定してくれるものでした。本当にありがとうございます。

一年続いた、15周年企画は、来月、『雪蟷螂　完全版』を持ちましてグランドフィナーレとなります。

愛のままに、人に喰われ、人を喰った。人喰い達の物語。

見届けていただければ、これ以上の喜びはありません。

いびつな物語の、そのいびつさを、撫《な》でながら。

ずっとずっと、愛していきます。

紅玉《こうぎょく》いづき

＜初出＞
本書は、2008年2月に電撃文庫より刊行された『MAMA』を加筆・修正したものです。
「幕間 黒い蝶々の姫君」は、2008年に発行された同人誌収録作を加筆・修正したものです。

メディアワークス文庫

MAMA《ママ》 完全版《かんぜんばん》

紅玉《こうぎょく》いづき

2022年11月25日　初版発行

発行者　山下直久
発行　株式会社KADOKAWA
〒102-8177　東京都千代田区富士見2-13-3
0570-002-301（ナビダイヤル）
装丁者　渡辺宏一（有限会社ニイナナニイゴオ）
印刷　株式会社暁印刷
製本　株式会社暁印刷

Printed in Japan
ISBN978-4-04-914645-5 C0193

メディアワークス文庫　https://mwbunko.com/

本書に対するご意見、ご感想をお寄せください。

あて先
〒102-8177　東京都千代田区富士見2-13-3
メディアワークス文庫編集部
「紅玉いづき先生」係

第28回電撃小説大賞《メディアワークス文庫賞》受賞作

きみは雪をみることができない

入間六度

恋に落ちた先輩は、
冬眠する女性だった——。

　ある夏の夜、文学部一年の埋　夏樹は、芸術学部に通う岩戸優紀と出会い恋に落ちる。いくつもの夜を共にする二人。だが彼女は「きみには幸せになってほしい。早くかわいい彼女ができるといいなぁ」と言い残し彼の前から姿を消す。

　もう一度会いたくて何とかして優紀の実家を訪れるが、そこで彼女が「冬眠する病」に冒されていることを知り——。

　現代版「眠り姫」が投げかける、人と違うことによる生き難さと、大切な人に会えない切なさ。冬を無くした彼女の秘密と恋の奇跡を描く感動作。

　会うこともままならないこの世界で生まれた、恋の奇跡。

メディアワークス文庫